# Andrea Antonello
# LA VALIGIA ARAN

*a cura di Fulvio Ervas*

*con una testimonianza di Giulio Golia*
*e due messaggi di Franco Antonello*

*La fotografia in prima di copertina*
*è di Silvia Giannarrusto, che ringraziamo;*
*la fotografia all'interno della copertina*
*è di Franco Antonello.*

www.marcosymarcos.com

ISBN 978-88-7168-997-5

via Piranesi 10, 20137 Milano
tel. 02 29515688
lettori@marcosymarcos.com

*La valigia aran*

TIENE PRESENT'O VESUVIO?

*Meraviglioso, imponente, esageratamente pieno di vita ed energie che ti fanno stare sempre con il fiato sospeso, come se fosse pronto a esplodere in qualsiasi momento, clamorosamente, quando meno ce l'aspettiamo: sì, aggiu pensat'o Vesuvio, quando ho incontrato Andrea per la prima volta, e lui mi ha spogliato davanti a tutti, mi ha 'auscultato' la pancia, e forse ha deciso che ero a posto, nu buono guaglione, che si poteva prendere per mano e via, di corsa insieme, verso dove non si sa.*

*Sono passati otto anni, ed è sempre stato così: lui il capo branco e io al suo seguito. È sempre stato lui a guidare me, e mai il contrario.*

*Io cerco il suo sguardo anche se non mi guarda, lo ascolto anche se non mi parla, vibro e scatto con lui.*

*Lui parte così, di colpo, come quel giorno a Venezia - ancora non era un ragazzo famoso - che si è lanciato su tre gondolieri come un razzo e ho visto i loro cappelli volare via... Lì ho sudato freddo, ma è bastato un sorriso e qualche parolina, diciamo... 'carina', che quei ragazzotti, anche belli muscolosi, si sono trasformati in amiconi di Andrea e non volevano farci andar più via. Addirittura cercavano di insegnargli dei proverbi in veneto, come "ti gai ga i gai", o qualcosa del genere.*

*Abbiamo viaggiato insieme, vissuto fianco a fianco.*

*In Costarica ho seguito Franco e Andrea nella missione che si erano scelti: trasformare i guadagni di un libro fortunato,* Se ti abbraccio non aver paura, *in una casa vera per Jorge, un ragazzo autistico che viveva in una baraccopoli al limite della sopravvivenza.*

*Andrea, anche con Jorge, era riuscito a creare in pochissimo tempo una bella amicizia, di quelle uniche che nascono lungo la strada.*

*Ho vivissimo il ricordo di quei giorni. Andrea che spazza per terra ma solo in diagonale, che scarica un camion e lo carica di nuovo, che ride e scherza con Jorge, che si avvicina e si allontana, come se avessero un'intesa da sempre, come se fosse suo fratello, e invece erano due ragazzi di due continenti lontani, diversi tra diversi. Semplicemente avevano un modo loro di volersi bene, di farsi del bene, anche inconsapevolmente, come quando, ormai a casa praticamente pronta, Andrea aveva girato stanza per stanza e minuziosamente aveva inserito le spine di tutti gli elettrodomestici nelle prese, compreso il televisore che Jorge aveva appassionatamente iniziato a guardare. Ma poi, a distanza di tre minuti, Andrea aveva ricominciato il giro per togliere quelle stesse spine. Lasciando Jorge perplesso davanti alla* TV *improvvisamente spenta. E poi di nuovo un altro giro. Avrà fatto avanti e indietro con quelle spine una decina di volte, Jorge rideva come se non avesse mai riso tanto in vita sua e noi con lui, contenti anche solo di poter condividere con loro tanta felicità.*

*Gli sguardi che si scambiavano, quando sembravano semplicemente immobili a fissarsi, li comprendevamo solo quando poi improvvisamente sfociavano in un abbraccio o una risata. In quei momenti pensavo: "Azz! si capiscono eccome!"*

*O Vesuvio proprio. Senti l'energia che splende, la pressione fortissima che ha dentro, il cambiamento costante.*

*Stai sul filo del rasoio, ma sorridi, perché è lui, da quel suo mondo strano, a darti speranza.*

*Son passati otto anni, e l'autismo, ahimè, non è scomparso per magia.*

*Ma Andrea oggi ha un posto suo dove stare, dove prepararsi gli spaghetti; la mattina prende e va in ufficio da solo.*

*Quando vado a trovarlo e mi fermo a dormire, la mattina presto si stende leggerissimo accanto a me. Mi protegge? Cosa ribolle, sotto quei riccioli?*

*Nun 'o saccio, ma avere per amico o Vesuvio è 'na fortuna, ma 'na fortuna grossa assaje.*

Giulio Golia

(con il programma "Le iene", è stato tra i primi
ad appassionarsi alla storia di Franco e Andrea,
narrata da Fulvio Ervas in *Se ti abbraccio non aver paura*.
Da allora, sono diventati amici.)

*Andrea è poco verbale; ripete le parole che sente ma difficilmente riesce a dire frasi complete o fare richieste di sua iniziativa.*

*Si esprime al computer attraverso la 'Comunicazione facilitata' (CF).*

*La Comunicazione facilitata è una tecnica che permette ai ragazzi con difficoltà di verbalizzazione, come Andrea, di esprimere le loro sensazioni e bisogni scrivendo al computer con il sostegno, fisico ed emotivo, di un operatore specializzato.*

*Non è una tecnica applicabile su tutti. Dipende dalla fisicità, dalla gravità della sindrome e da tanti altri fattori.*

*Andrea ha scritto per la prima volta a otto anni, grazie all'intuito di una psicologa operatrice che notava le reazioni appropriate di Andrea ai cartelli con le scritte usati per le attività.*

*"Andrea sa leggere" mi ha detto un giorno. Credevo fosse pazza.*

*All'inizio la Comunicazione facilitata comporta l'accompagnamento dell'operatore, che guida la mano e le dita del ragazzo fino alla tastiera.*

*Per i primi cinque anni, io non ho creduto a questo metodo perché vedevo l'operatore molto coinvolto nei gesti di Andrea e ho sempre pensato che lo influenzasse troppo, se non che fosse addirittura lui a scrivere.*

*Solo la costanza della mamma e della psicologa, tre volte*

*la settimana per cinque anni di fila, con risultati spesso deludenti e ogni tanto positivi, hanno permesso di proseguire.*

*Poi, piano piano, l'accompagnamento, l'aiuto, è passato dalla mano al braccio; dopo altri anni, al gomito, poi alla spalla, poi un solo tocco ritmato a ogni lettera sulla nuca o sulla schiena.*

*Da anni, ormai, scrive libero e in autonomia.*

*Ho cominciato a crederci solo quando l'aiuto è arrivato alla spalla, mai prima, ma progressivamente si è aperto un mondo che ha permesso ad Andrea di esprimere molte cose che altrimenti avrebbe tenuto dentro per sempre, come succede alla maggior parte dei suoi compagni.*

*Le frasi di questo libro sono state scelte tra le più significative, circa una ogni quaranta/cinquanta delle sedute di lavoro con Andrea, senza modificare nulla, neanche gli errori.*

*Si notano le difficoltà iniziali, poi l'espressione delle sue paure, delle sue gioie, e la sua crescita fino a oggi.*

*È come riuscire ad aprire una breccia nella mente, e capire pensieri ed emozioni di un ragazzo con autismo dal suo punto di vista.*

*Ma soprattutto porta alla luce un messaggio molto importante: tutti questi ragazzi hanno la piena coscienza e consapevolezza di sé e del loro stato.*

*La prossima volta che ne incontrate uno, non rivolgetevi più a lui con frasi stupidine, come "Ti ricordi di me? Come mi chiamo? Lo vuoi un cioccolatino?"*

*Davanti a voi, c'è un guerriero vero, con la sua vita, le sue gioie, i suoi dolori, e forse più consapevole di noi.*

Franco Antonello

2001

Otto anni

# DENTRO AGITATO FUORI FORTE

(7 agosto 2001, con la psicologa)

COS' È QUESTA?
**penna**

*Resoconto della psicologa: Oggi ho provato a valutare Andrea per avviarlo all'uso della Comunicazione facilitata. Ho cominciato con l'indicazione libera delle immagini, poi con l'indicazione libera e facilitata di cartellini con parole e infine l'ho portato al computer e ha scritto facilitato a polso senza esitazione, con un gesto sicuro. Per farlo restare nella stanza ho utilizzato la striscia del tempo, scrivendo l'orario di inizio e della fine dell'attività: all'inizio ho scritto "stiamo qui" e alla fine "vai in piscina". Sicuramente legge utilizzando la lettura globale, con modalità visiva periferica: dà uno sguardo veloce muovendo la testa. I cartelli servono per regolare il suo comportamento.*

(8 agosto 2001, con la psicologa e il papà)

CHE COS' È QUESTA?
**V aligia**
DI CHE COLORE È?
**aran**

*Resoconto della psicologa: Oggi abbiamo provato a scrivere in presenza del papà. Andrea era emozionato e non è riuscito a completare la parola. La valigia era arancione.*

(22 agosto 2001, con la psicologa)

COME TI CHIAMI?
**Andre**
MI DICI QUAL È IL TUO COGNOME?
**Antonello**
DOVE ABITI?
**caastelf**

(31 agosto 2001, con la psicologa)

COME SI CHIAMA IL PAPÀ?
**franck**
LA MAMMA COME SI CHIAMA?
**Bianca**
LE SCARPE NUOVE TI PIACCIONO?
**No**
RIESCI AD ABITUARTI?
**Sì**

(19 settembre 2001, con la psicologa)

CIAO ANDREA!
**Io troppo**
TROPPO?
**Agitato**
RIESCI A CONTINUARE?
**No**

*Resoconto della psicologa: Oggi Andrea era molto stanco e ha avuto difficoltà a concentrarsi.*

*Allora gli ho messo di fronte un foglio con scritto "continuo" e uno con scritto "basta" e lui ha indicato "basta" e ho rispettato la sua scelta.*

(26 settembre 2001, con la psicologa)

IL CONTRARIO DI GRANDE È...
**Picolo**
IL CONTRARIO DI FUORI È...
**Dentro**
DOVE GUARDO I GIORNI E I MESI DELL'ANNO?
**Sul**

**Age**

AGE

**Nda**

*Resoconto della psicologa: Oggi Andrea ha lavorato abbastanza bene. Abbiamo cominciato con l'indicazione su delle immagini abbinate a parole che esprimevano il suo stato d'animo. Alla domanda scritta "come stai oggi?", ha risposto "sono contento".*

(3 ottobre 2001, con la psicologa)

ANDREA OGGI È…

**triste**

RIESCI A DIRMI PERCHÉ SEI TRISTE?

**Io trist3e maestra**

PER LA MAESTRA ALESSANDRA?

**Sì**

HA BISOGNO DI TEMPO PER CONOSCERTI.

**Io vogluio te**

(12 ottobre 2001, con la psicologa e la mamma)

A COSA SERVONO GLI OCCHI?
**Per ved**

*Resoconto della psicologa: Oggi Andrea era molto agitato. Probabilmente la situazione che sta vivendo a scuola e il fatto che ha cominciato a scrivere anche con la mamma hanno influito notevolmente.*

(5 novembre 2001, con la psicologa e la mamma)

QUAL È L' ANIMALE CHE SI MUNGE PER AVERE IL LATTE?
**Mucca**
CON COSA SI FA LA MARMELLATA?
**Frutta**
COSA METTI SUL PANE PER COLAZIONE?
**Nutelle**
CON LA NUTELLA PREFERISCI IL PANE O I CRACKERS?
**Pan**

(3 dicembre 2001, con la psicologa)

QUANTO FA 3+2?
**5**
E QUANTO FA 10+3?
**13**
QUANTO FA 3-2?
**1**

(9 dicembre 2001, con la psicologa e il papà)

HAI MANGIATO LA PIZZA OGGI?
**Si**
TI È PIACIUTA?
**Si**
MI HANNO DETTO CHE RUTTI.
**Si**
LO SAI CHE QUANDO RUTTI SEI UN...?
**Maial.e**
PERCHÉ RUTTI?
**Dentro agitato fuori forte**

*Resoconto della psicologa: La seduta è durata circa venticinque minuti. A ogni risposta si alzava, e ho dovuto convincerlo a tornare a sedersi (con cartelli). Ha corretto più volte. La parola che ha scritto con più facilità è stata maiale. Non gli ho fatto correggere il punto perché ha scritto consecutivamente e si è alzato subito.*

(27 dicembre 2001, con la psicologa e la mamma)

BUON NATALE ANDREA.
**Buon natale**
HAI RICEVUTO TANTI REGALI?
**No**
PERCHÉ NON VUOI DORMIRE SUL LETTO NELLA TUA CAMERETTA?
**Gioioso letto grande**

# 2002
# Nove anni

## NO FATTO FURBO

(4 gennaio 2002, con la mamma)

FRA DUE GIORNI VAI A SCUOLA. CONTENTO?
**Sono contento no fatto furbo**
COSA VUOL DIRE "NO FATTO FURBO"?
**Bravo io a scuola**
SONO CONTENTA CHE HAI VOGLIA DI TORNARE A SCUOLA.
**Ciao**

(8 gennaio 2002, con la psicologa e la mamma)

PERCHÉ STRAPPI LE CARTINE?
**Tipiace**
RIESCI A FARE A MENO DI STRAPPARE LE CARTINE SE TE LO CHIEDIAMO?
**No**
PERCHÉ?
**Non lo xso**

*Resoconto della psicologa: Oggi Andrea aveva un gesto pesante e il braccio irrigidito. Parlando sottovoce e dandogli un ritmo verbalmente è riuscito a scrivere comunque. Il corpo era molto contratto e si abbandonava facilmente a stereotipie sia verbali che prassiche (mani soprattutto).*

(10 gennaio 2002, con la psicologa,
la mamma e il papà)

OGGI ANDREA È...
**Triste**
DI CHE COLORE È IL PENNARELLO?
**Verde**
TI PIACE FARE I GIRI IN MACCHINA CON PAPÀ?
**Io ho il pericolo uno papa**
IL PAPÀ È UN PERICOLO ALLA GUIDA?
**Del oggi papa paura**
CHI HA PAURA, TU O PAPÀ?
**Papa**
SENTI CHE PAPÀ NON RIESCE A SCRIVERE CON TE. DOVETE STARE TRANQUILLI E CON UN PO' DI PAZIENZA CE LA FARETE. OK?
**Io sono paura**

*Resoconto della psicologa: Oggi Andrea ha provato a scrivere con il papà ma non ci sono riusciti; forse ha ricevuto troppi stimoli verbali durante la scrittura. Con la mamma ha risposto a tutte le domande manifestando impegno e fatica. La seduta è durata un'ora e mezzo.*

(17 gennaio 2002, con la psicologa,
la mamma e il papà)

OGGI ANDREA È...
**Contento**
COME SI DICE CANE IN INGLESE?
**Dog**
CHE MESE C'È DOPO MARZO?
**Aprile**
CHE GIORNO È OGGI?
**Giovedì**
HAI VISTO CHE SEI MIGLIORATO A SCRIVERE CON PAPÀ?
**Papa guida figo**
FIGO O FIGLIO?
**Figo**
VUOI DIRE CHE STA IMPARANDO A FACILITARTI?
**No**
**Papa vuole vedo**
VUOLE VEDERE?
**si**
**Scrivere**
HA FRETTA DI VEDERTI SCRIVERE O NON CREDE CHE SEI CAPACE?
**No n crede**

*Resoconto della psicologa: Oggi Andrea era molto tranquillo e il gesto preciso e controllato. Ha scritto con me, la mamma e il papà. Ho diminuito la facilitazione scivolando sul polso. C'è qualche problema con il papà: probabilmente Andrea percepisce che il papà non è tranquillo e si sente messo alla prova, ma lo abbiamo tranquillizzato. La seduta è durata cinquanta minuti.*

(22 gennaio 2002, con la psicologa e il papà)

AL TEMPO DI GESÙ GLI UOMINI SCRIVEVANO CON IL COMPUTER?

**No**

E CHE LAVORO FACEVANO?

**Contadini**

SAI COSA MANGIAVANO GLI UOMINI AL TEMPO DI GESÙ?

**Pane**

*Resoconto della psicologa: Oggi abbiamo riprovato a far scrivere Andrea con il papà ma per lui è molto difficile, si agita molto, irrigidendo il braccio e trattenendo il respiro, cerca conferme dal papà anche quando viene facilitato da me; si volta a guardarlo o, se viene toccato da lui mentre scrive, si irrigidisce notevolmente. Credo che sia opportuno sospendere per una settimana la scrittura con il papà per ritrovare serenità e il ritmo del lavoro.*

(primo marzo 2002, con la psicologa)

COM' È ANDREA OGGI?
**Oggi andrea indisposto**
DOVE TI FA MALE?
**Stomado**
OGGI SEI ANDATO A PATTINARE CON I PATTINI NUOVI?
**Si però poco**
AVRESTI VOLUTO PATTINARE DI PIÙ?
**Si però uomo ha preferito venire a giocare a casa**
**Perché era freddo**
**Io volevo oltre**
L' UOMO MI HA DETTO CHE HAI VOLUTO TU TORNARE A CASA!
**Puoi dire tu a papà che quello che dico non è tutto forse vero**
PERCHÉ CHIAMI TUO PAPÀ UOMO?
**Perché è uomo io no**
**Dico forse io bambino**

(14 marzo 2002, con la psicologa e la mamma)

OGGI ANDREA È...
**Più non ce la fa a vomitare**
DOPO PROVIAMO A DARTI UNA MEDICINA NUOVA CHE FA PASSARE IL VOMITO. VA BENE?
**Provo con medicina**
ADESSO TI FA MALE LO STOMACO?
**Sì tanto**
I MASSAGGI DELLA MAMMA TI FANNO PASSARE IL MALE?
**Poco ma sino a quando mi pituffa**
COSA VUOL DIRE PITUFFA?
**Pituffa vuol dire pituffa colpisce piano e mi coccola**
**Poi sto meglio**
**Poco fa la medicina**
**E' la mamma forte che mi fa guarire**

*Resoconto della psicologa: Oggi Andrea era molto tranquillo e non ho avuto nessuna difficoltà a portarlo al computer, né a facilitarlo. Ho provato a diminuire la facilitazione arrivando quasi al gomito: è meno preciso ma si corregge e non va in ansia.*

(5 giugno 2002, con la psicologa e la mamma)

CIAO ANDREA, STAI MOLTO BENE CON I CAPELLI CORTI. A TE PIACCIONO?
**Sì**
STAI PIÙ FRESCO O PIÙ CALDO?
**Più fresco**
VIETATO SPUTARE, OK?
**Non posso**
COSA TI FA SPUTARE?
**Tristezza**
PER COSA SEI TRISTE? DOVRESTI ESSERE FELICE VISTO CHE VAI IN PISCINA.
**Somma felicità per piscina**
**Però sto,, male. Pancia**
**Io sto male**
**Ho grossim nodi pancia**

*Resoconto della psicologa: Oggi Andrea era molto agitato e ha tentato di procurarsi il vomito più volte, ma non ha vomitato. Ripeteva tra varie stereotipie verbali "Ti do le botte". Sembrava un modo di autorimproverarsi.*

(11 giugno 2002, con la psicologa)

OGGI FACCIAMO UN PO' DI MATEMATICA. TI VA?

**Io gioco troppo.**

**Difficile**

SAI QUANTO FA 42 DIVISO 7?

**Sì dico 6**

BENE, HAI USATO LA...

**Divisione**

SAI QUAL È L'OPERAZIONE CONTRARIA ALLA DIVISIONE?

**La moltiplicazione**

ULTIMO PROBLEMINO: SIAMO AL RISTORANTE E SIAMO IN DIECI. ARRIVA LUCA CHE SI AGGIUNGE A NOI. QUANTI PIATTI DOBBIAMO ORDINARE SE DUE NON HANNO VOGLIA DI MANGIARE?

**Ho nove piatti**

COMPLIMENTI! DEVI DIRCI QUALCOSA PRIMA DI CHIUDERE?

**Forse uomo ho gioia**

CHI È UOMO?

**E' papà**

(24 giugno 2002, con la psicologa)

CIAO ANDREA. OGGI COMINCIAMO A FARE I COMPITI DAL LIBRO DELLE VACANZE. COMPLETA LE FRASI CON LA RIMA: SE IL MARE FOSSE DI ARANCIATA...

**Farei una tociata**

SE LA SCUOLA FOSSE DIVERTENTE...

**Il gioco ssarebbe forse più presente**

SE I MONTI FOSSERO BASSI...

**Sarebbe più ytortina facile progettare i passi**

VA BENE, ANDREA. SAI CHE AVEVAMO PARLATO DEI VULCANI. TI RICORDI COSA SONO?

**Ho letto che sono montagne che ruttano fuoco**

(10 luglio 2002, con la psicologa e la mamma)

TI PIACE ANDARE AL CENTRO SPORTIVO?

**Bravo sto**

**Teytte grosse dimostra stefania**

E LA GIULIA TI PIACE?

**Bella bionda nervoso e piace te**

(22 agosto 2002, con la mamma)

COSA AVETE FATTO STAMATTINA?
**Dolce mele**
ERA VERAMENTE BUONO. MA COSA HAI FATTO IN PARTICOLARE?
**Io rotti uova ho**
COSA VUOI FARE ADESSO?
**Fare scrittura**
E QUANDO ABBIAMO FINITO?
**Perfeziono comportasmento**

(23 settembre 2002, con la mamma)

CIAO ANDREA, LO VORRESTI UN ANIMALE?
**Cavallo**
IL CAVALLO NON LO POSSIAMO AVERE. ANDREMO A VEDERLO IN GIRO.
**Sì**
TI TROVI BENE A SCUOLA?
**Tutto io capire**
RICORDATI CHE DOMANI HAI LA VERIFICA DI ITALIANO.
**Si Alessandra piace imparo**

SEI BRAVISSIMO. STAI TRANQUILLO, ANDRÀ TUTTO BENE.
**...ok io bravo**

(primo ottobre 2002, con la psicologa)

BUON POMERIGGIO ANDREA. FACCIAMO UN PO' DI COMPITI?
**Dico no**
E ALLORA COSA VORRESTI FARE?
**Meno dico rumore. giocare con te**
QUALE RUMORE?
**Ho forte rumore nella testa**
IL RUMORE C'È SEMPRE O SOLO ADESSO?
**Io sono stanco**
E COSA HAI FATTO PER ESSERE COSÌ STANCO?
**Grande fatica**
**Mi costa vivere**
**io resto poco controllo mio corpo**
E COSA POTREBBE AIUTARTI?
**Ho bisogno di vivere di riti**
**Duro accettare molte novità**

(18 ottobre 2002, con la psicologa e la maestra)

CIAO ANDREA, PRIMA DI INIZIARE VOLEVO CHIEDERTI DI CONTENERE I TUOI ABBRACCI E I BACI IL PIÙ POSSIBILE PERCHÉ MI DÀ MOLTO FASTIDIO. CE LA FAI?

**Noi possiamo**

(25 ottobre 2002, con la psicologa e la mamma)

ANDREA, VORREI SAPERE COME È ANDATA OGGI A SCUOLA. SONO DAVVERO CURIOSA!

**Fat**

NON TI TOCCARE COSÌ GLI OCCHI CHE POI TI FANNO MALE! OGGI A SCUOLA...

**FATto tanti rutti**

SAI DIRMI PERCHÉ HAI SENTITO IL BISOGNO DI RUTTARE TANTO?

**Ero tan*to agitato**

*Resoconto della psicologa: L'ultima frase l'ha scritta con la mamma, piangendo.*

(28 novembre 2002, con la psicologa e la maestra)

CIAO ANDREA, VUOI DIRE QUALCOSA ALLA MAESTRA LUCIA PER IMPARARE A LAVORARE CON TE?

**Vedo che tu sei sempre arrabbiata con me e mi da fastidio**

NON CREDO DI ESSERE SEMPRE ARRABBIATA CON TE. MI DANNO MOLTO FASTIDIO ALCUNI TUOI MODI DI FARE. COME ADESSO PER ESEMPIO CHE MI PRENDI SEMPRE IL BRACCIO O MI METTI LE BRACCIA AL COLLO O QUANDO METTI LE DITA IN BOCCA E LE STRISCI SUL BANCO. TUTTI QUESTI ATTEGGIAMENTI MI DANNO MOLTO FASTIDIO PERCHÉ SONO CONTINUI E NOIOSI E MI INNERVOSISCONO. QUINDI SE TU RIESCI A EVITARLI MI AIUTI A NON ARRABBIARMI.

**Ho capito**

SONO CONVINTA CHE POTREMO AIUTARCI.

**Sì**

(29 novembre 2002, con la psicologa)

COSA SIGNIFICA BAMBINO PERO, CHE LO RIPETI SPESSO?
**Bambino pero significa oggi sono troppo preoccupato per la mia famiglia**
IO INVECE SONO PREOCCUPATA PER LA MAESTRA MANUELA E VOGLIO AIUTARLA.
**Io non posso farlo perché mi rifiuta**
IO, INVECE, SONO CONVINTA CHE NON TI RIFIUTA MA FORSE HA UN PO' PAURA DI NON ESSERE IN GRADO DI LAVORARE CON TE.
**Tu puoi insegnarle tutto**

(3 dicembre 2002, con la mamma)

COME STAI OGGI?
**Visto con grande noia**
CHE COSA TI ANNOIA?
**Tempo brutto**
HAI RAGIONE. SPERIAMO CHE ESCA IL SOLE.
**Voglio giorno fuori**
SPERIAMO. TRA POCO ARRIVA PAPÀ. SEI CONTENTO?
**Ma io voglio grosso fatto bene mi opprime**

COSA TI OPPRIME?
**Ho duro lavoro**
QUALE LAVORO?
**Ho fatica controllare la mente va e io no**
ANDREA, È PER QUESTO CHE VOMITI TUTTO?
**Ho angoscia dentro**
**Faccio male penso**
… **mamma voglio pace**
**ho paura**
**io mi sento buono no il vostro cuore**
ANDREA, IL NOSTRO CUORE, A VOLTE, È ARRABBIATO MA NOI TI VOGLIAMO TANTO BENE. SCUSACI SE A VOLTE SOFFRI PER CAUSA NOSTRA. STAI TRANQUILLO.

(10 dicembre 2002, con la mamma)

OGGI STAI MEGLIO, ANDRE?
**(nessuna risposta)**
SE NON CE LA FAI FINIAMO QUI. SPEGNAMO?
**Aiutami**
**sto no bene**
OK, IO TI AIUTO, MA TU TI CALMI.
**aiutami più forte**
STO FACENDO TUTTO CIÒ CHE POSSO.

MA DEVI STARE TRANQUILLO CHE SIAMO TUTTI ORGOGLIOSI DI TE.

**Autismo ho?sì o no**

SAI COS'È L'AUTISMO?

**Si io**

2003

Dieci anni

# LA DIFFICILE NOSTRA FAMIGLIA

(18 gennaio 2003, con la mamma)

CIAO ANDREA.
**Ciao**
**in sono tipo strano**
TI È PIACIUTO IL COMPLEANNO DELLA FRANCESCA?
**No casino**
E C'ERANO BELLE BAMBINE?
**No piace**
MA È VERO CHE HAI MANGIATO LE PATATINE?
**Sì ti voglio bene**
**sono un figlio difficile li ho visti**
CHI HAI VISTO?
**Tutti voi con io**
**La difficile nostra famiglia**

(20 gennaio 2003, con la mamma)

CIAO ANDREA, VUOI DIRMI QUALCOSA?
**Ho grande bellezza io**
MA CHI TE LO HA DETTO?
**Tutti**
MA SEI CONTENTO DI ESSERE BELLO?
**Non serve io no**

(22 gennaio 2003, con la psicologa e il papà)

CIAO ANDREA, OGGI SCEGLI TU COSA FARE AL COMPUTER: CHIACCHIERIAMO O COMPITI?
**Rompo perché faccio capire dibattimento del mio forte dubbio su me e ragion**
E RAGION…
**Su mio autismo**
C'È QUALCOSA CHE MI VUOI CHIEDERE IN MODO CHE POSSO PROVARE AD AIUTARTI?
**Sì quanto devo stare a riflettere per riuscire a fare bravo?**
**E devo temere per sempre il mondo?**
**E dovrò fare grande errore con parlare?**
ANDREA, SE CONTINUERAI A IMPEGNARTI COSÌ TANTO DOVRAI RIFLETTERE SEMPRE MENO PER FARE IL BRAVO. E PIÙ COSE CONOSCERAI DEL MONDO E MENO PAURA AVRAI. E PARLI GIÀ MEGLIO: MI HAI DETTO "VENGO LÌ" E SEI VENUTO.
**Sganciato sono**

(11 febbraio 2003, con la mamma)

CIAO ANDREA, COME È ANDATA A SCUOLA OGGI?
**Va non male**
PERCHÉ HAI VOMITATO?
**Pancia male io freddo**
HAI PRESO FREDDO IN GIARDINO?
**Sì**
A PROPOSITO DEL GIARDINO A SCUOLA: NON SI PUÒ FARE PIPÌ NEL GIARDINO. CAPITO?
**Sì capito**
ALLORA PERCHÉ IN QUESTI GIORNI L'HAI FATTA DUE VOLTE?
**Piace fuori grazie**
GRAZIE DI COSA?
**Fatto noi bene la vita**
**... ho vita mia faticosa peer tutti**

(14 febbraio 2003, con la mamma)

**Ciao molto cara maestra**
**Sto gioendo di sapere che stai meglio.**
**Io ho tanta miseria senza te, torna presto.**
**Fuori sono con giovanna.**
**Ho voglia di vederti**

**Ciao**
**Torna ti prego**
**Andrea**

(21 febbraio 2003, con la psicologa)

CIAO ANDREA, OGGI A SCUOLA SEI STATO
MOLTO BRAVO E VOLEVO FARTI I COMPLIMENTI.
**Io effettivamente sono felice**
**Ero fuori ora va meglio**
**Fammi fare portare biglietto a tutti compagni**
TI AIUTO VOLENTIERI, MA STAI TRANQUILLO.
CARI COMPAGNI…
**sono stanco provare a farmi giocare**
VUOI CHE ADESSO SCRIVIAMO IL BIGLIETTO?
**Si**
**Cari veri amici voglio dirvi che d**
ANDREA, NON VOGLIO VEDERTI PIANGERE. VUOI SOSPENDERE?
**ti continuo**
**dentro sono ferito**

*Resoconto della psicologa: Andrea piangeva e ho interrotto, anche se sembrava voler continuare. L'ho rassicurato dicendogli che potevamo continuare più tardi e si è alzato.*

(28 aprile 2003, con la mamma)

ANDREA, COSA VUOI CHE FACCIAMO PER AIUTARTI?
**pace io**
MA NON HAI PACE ADESSO?
**mi manca**

(13 maggio 2003, con la psicologa e la maestra)

CIAO CAMPIONE! COME STA LA TUA TOSSE?
**rompe**
CERCA DI AVERE PAZIENZA. C'È UN ARGOMENTO CHE VUOI PROPORRE?
**ero tanto felice ieri feroce rompe odioso restare opposto ai pensieri**

(4 giugno 2003, con la psicologa e la maestra)

CIAO ANDREA, FRA POCO FINISCE LA SCUOLA E NON CI VEDREMO PER UN PO'.

**io ho troppa paura**

**tu il prossimo anno verrai?**

SPERO DI SÌ. COMUNQUE ORA SEI BRAVO E SE DOVESSE VENIRE UN'ALTRA MAESTRA SONO SICURA CHE TI TROVERAI BENE.

**riuscirò poi a diventare uomo vero?**

SE CONTINUI A IMPEGNARTI PENSO DI SÌ, COME TUTTI I TUOI COMPAGNI.

**io sono autistico loro no**

(13 luglio 2003, con la mamma)

CIAO ANDREA, PERCHÉ IERI SERA RIDEVI E NON VOLEVI DORMIRE?

**faccio vedere che rido quando voglio e no triste io etichettato ma guardo il mondo e voi tristi con me non piace**

NOI NON TI CAMBIEREMMO MAI E TI VOGLIAMO COME SEI. VORREMMO SOLO RIUSCIRE A CAPIRTI DI PIÙ. PER QUESTO TI STIMOLIAMO A PARLARE E SCRIVERE. OK?

**si ma voglio pace io**
VA BENE. MA DEVI STARE ASSIEME ALLE PERSONE. SEI NEL MONDO.
**io curo me stesso cciao**

(2 ottobre 2003, con la psicologa e il papà)

CIAO ANDREA, SAI SPIEGARE PERCHÉ HAI DATO UNA BOTTA AL VETRO DEL CAMINETTO?
**sradica mio fare autistico comunicare voglio, uguale agli sempre stupidi sembro**
SPIEGATI MEGLIO.
**non faccio nulla in bene, dico cose senza senso, evito gli altri dopo che dicono che sono gioioso bambino, bisogno ho girare ssempre intorno a tutti, faccio autistico in tutto, aiutami ti prego. permettimi di essere vivo. fammi guarire. Fai fatica ma provaci. fine**
ANDREA, È VERO CHE CI SONO TANTE DIFFICOLTÀ, MA TANTE LE HAI AFFRONTATE E SUPERATE. IO FARÒ TUTTO CIÒ CHE POSSO PER AIUTARTI A MIGLIORARE. NON FARTI PRENDERE DALLO SCONFORTO. REAGISCI!

**dimmi che non ti arrendi**
IO NO E TU?
**no.mai.mai**

(18 ottobre 2003, con la mamma)

ANDREA, HAI CAPITO IL SISTEMA METRICO
DECIMALE?
**Si**
È FACILE O DIFFICILE?
**resta facile**
E IN INGLESE, RICORDI LE PARTI DEL CORPO
CHE ABBIAMO STUDIATO?
**Si**
COSA VUOL DIRE "BIG EARS"?
**grandi orecchie**
E "SMALL EYES"?
**piccoli occhi**
TI PIACE LA POESIA "AUTUNNO"?
**no noia non mi piace**
MA SI DEVE IMPARARE A MEMORIA.
**no io uomo nuvoloso**
E CHE UOMO SEI?
**uomo di mare estivo magico**

2004

Undici anni

# FITTI CASINI COMBINERÒ

(6 gennaio 2004, con la mamma)

CIAO ANDREA, COME VA?
**ciao**
**devo dirti che ho guardato fretta visto bambino dire frase a me difficile**
TI HA DETTO QUALCOSA CHE NON HAI CAPITO?
**deto io fuori ma no vero**
HAI RAGIONE. MA CI SONO PERSONE O BAMBINI CHE NON CAPISCONO. PERDONALI SE TI HANNO OFFESO. VINCI TU IN QUESTO MODO. OK?
**si ma io male sto**
ADESSO SEI QUI. TRANQUILLO. RIPRENDERAI CON CALMA LE TUE COSE DI OGNI GIORNO.
**buon anno mamna.**
ANCHE A TE. SARÀ UN BELL'ANNO. VEDRAI.

(12 gennaio 2004, con la mamma)

CIAO ROSPONE, PERCHÉ DISFI LE COSTRUZIONI DI TUO FRATELLO ALBERTO?
**piace rompo tutto io vedo i pezzi e ordino**
COSA ORDINI?
**pensieri**

(18 gennaio 2004, con la mamma)

CIAO ANDREA, C'È UN PROGRAMMA TELEVISIVO CHE TI PIACE?
**io ascolto notizie piace**
C'È UNA NOTIZIA CHE TI HA COLPITO?
**aereo caduto**
QUELLO DI SHARM, DOVE SONO MORTE MOLTE PERSONE?
**si**
NON HAI PAURA A PRENDERE L'AEREO DOPO QUESTA NOTIZIA?
**no**
COME MAI?
**è caso raro**
E CHI TE L'HA DETTO?
**tu mamma io sentito**
SENTI ANDREA, SAI CHE LAVORO FA PAPÀ?
**si**
DIMMELO CON PAROLE TUE.
**giornali**
MA LI SCRIVE LUI?
**si e io li rompo**

(13 febbraio 2004, con la mamma e il papà)

SAI CHE IN QUESTO PERIODO STO LAVORANDO MOLTO, PERÒ TI PROMETTO CHE CERCHERÒ DI DEDICARTI PIÙ TEMPO…

**Togli pure ordini dico zitto e scelgo godere di comunicare con te papà**
**Gioia mi da che tu credi in me ho talmente tanta gioia che perdo controllo**
**Risultato è disastro**

(24 febbraio 2004, con la mamma)

CIAO ANDRE, TI PIACE LA NEVE?

**No**

E PERCHÉ?

**No io fuori**

DOVE VORRESTI ANDARE?

**Sulle giostre**

E CON CHI VAI?

**Solo**

E TU CREDI CHE NOI TI LASCIAMO ANDARE DA SOLO?

**Si scappo**

(26 marzo 2004, con la mamma)

ANDREA, TI VA SE PARLIAMO DI YOGA?
**Si io vado**
COSA HAI FATTO MARTEDÌ SCORSO CHE NON ANDAVA BENE?
**Urli scoregge**
SE VUOI VENIRE A YOGA CON ME DEVI: NON URLARE, NON SALTARMI ADDOSSO, NON SCOREGGIARE, LASCIARE LA MAMMA FARE LO YOGA, PROVARE A FARE YOGA ANCHE TU.
**Provo**

(30 aprile 2004, con la psicologa e il papà)

CIAO ANDREA, MI DICI SE TI PIACE ANDARE AL CENTRO DEI RAGAZZI COME TE?
**Resto in forte dubbio**
CIOÈ?
**Dico è luogo bello meglio forse di andare in giro in macchina**
**Fai domande più su me e te**
ALLORA DIMMI COSA TI PIACE FARE QUANDO SIAMO ASSIEME IO E TE.
**Io vorrei starti vicino inondandoti di coccole**

OK, HO CAPITO. PERÒ TI HO CHIESTO COSA TI PIACE DI PIÙ FARE CON ME, QUANDO STIAMO ASSIEME. UNA SOLA COSA MA PRECISA.
**Era preciso**

(2 maggio 2004, con la mamma e il papà)

CIAO ANDREA, VORREI CHE SCRIVESSI CON CHI SIAMO ANDATI A MANGIARE LA PIZZA DOMENICA.
**Tu lo sai dillo rompi con domande di verifica**
**Voglio fiducia**
COME VUOI. MA ERA PIÙ SEMPLICE DIRE IL NOME.
**Siamo testardi più io di te**

(13 maggio 2004, con la mamma)

ANDREA, ABBIAMO BISOGNO DI CAPIRE COSA CERCHI QUANDO TOCCHI LE TETTINE DELLE DONNE.
**faccio feste**
È UNA COSA CHE NON PUOI CONTROLLARE?
**Piace fare**
MA COSA TI PIACE QUANDO TOCCHI LE TETTINE?
**Con molto tocco musiche senti**

(5 giugno 2004, con la mamma)

ANDREA, STAMATTINA SIAMO STATI AL FUNERALE DELLA ZIA MARIA. DEVO FARTI I COMPLIMENTI, PERCHÉ SEI STATO TRANQUILLO IN CHIESA. BRAVO.

**Io triste morta eppure io vivo.**

OGNUNO HA IL SUO TEMPO PER MORIRE. MA È PIÙ NATURALE MORIRE DA VECCHI. IO VOGLIO CHE TU VIVA TANTO E CHE TROVI BELLO VIVERE. OK?

**Se faccio prove riesco vivere di un evento momenti felici.**

(27 giugno 2004, con la mamma)

CIAO ANDREA, IERI SERA HAI VOLUTO VEDERE IL FESTIVAL IN PIAZZA ANCHE SE C'ERA TANTISSIMA CONFUSIONE.

**Io penso che provo mio grande difficile comporto veramente bene**

DEVO DIRTI CHE SEI STATO ABBASTANZA BRAVO. MA DEVI IMPARARE A NON TOCCARE LE PERSONE.

**Si ma difficile e tanti stimoli del mondo mi risulta duro**

COME PENSI REAGIRANNO SE CONTINUI A PROVOCARE TUTTI?
**Diranno che sono scemo**
**Io soffrirò**
**Fitti casini combinerò**

(17 luglio 2004, con la mamma)

ANDREA, SEI COSCIENTE DI COSA HAI FATTO OGGI IN SPIAGGIA?
**Si cacca su acqua**
NON È UNA COSA CHE SI FA DAVANTI A TUTTI. OK?
**Io ho fatto bene cosi la cacca mi lavi e libero mi sento**
TI PREGO ANDREA, NON FARLO PIÙ.
**Non faccio più**
ANDREA, TE L'HO DETTO TANTE VOLTE CHE DEVI AVERE CONSIDERAZICNE DI TE. IO SO CHE COMPRENDI TUTTO. DEVI SOLO IMPARARE, UN PO' ALLA VOLTA, A CCNVIVERE CON LE TUE DIFFICOLTÀ E CERCARE SEMPRE DI MIGLIORARTI. COSTA FATICA A TUTTI, NON SOLO A TE.
**Ma perché devo fare tanta fatica**
PER TE STESSO. PER ESSERE PIÙ INDIPENDENTE.

(23 luglio 2004, con la mamma)

TI SEI DIVERTITO NEI DUE GIORNI IN MONTAGNA CON I RAGAZZI?
**Si scappato io sono difficile fermare andrea**
MA DOVE VOLEVI ANDARE QUANDO SEI SCAPPATO?
**Fare giro bosco tranquillo sto io divertito a scappare e tutti me cercano**
GLI ALTRI RAGAZZI TI CERCAVANO MA NON SAPEVANO DOV'ERI.
**io seguito strada amica mi porta li**
IN QUALE POSTO?
**Sulla casa**
COSA C'ERA IN QUELLA CASA CHE CI VOLEVI ANDARE?
**Un cane**
MA CHI TI HA TROVATO?
**Carabinieri**
**ciao**

(29 luglio 2004, con la mamma e il papà)

ANDREA, COSA POTREBBERO FARE PER TE I TUOI GENITORI?

**Ridere guarito guarirmi**
NON ABBIAMO CAPITO BENE. VORRESTI CHE MAMMA E PAPÀ...
**autismo guarissero**
PENSI CHE SIA UNA COSA CHE POSSIAMO FARE?
**se Alberto è normale potete**

(primo settembre 2004, con la mamma)

MI FAI PERDERE UN'ORA PER CONVINCERTI A SCRIVERE, MI STRINGI IN CONTINUAZIONE E MI DÀ FASTIDIO. DEVI CONCENTRARTI.
**sono confusione di controllo**
C'È QUALCOSA CHE TI HA FATTO ANDARE IN CONFUSIONE?
**Di fretta non mi piace di riposo auditivo ho bisogno vero bravo sarò**
SI PUÒ SAPERE CHE RUMORI TI DANNO FASTIDIO?
**Lavanderia aaaaaaaaaaaaarrivba**

(2 settembre 2004, con la mamma)

CARO ANDREA, VEDO CHE SEI SEMPRE PIÙ BRAVO A CORRERE. È COSÌ?
**Facice mi piace**
PRIMA, MENTRE CORREVI, FACEVA MOLTO CALDO E TU HAI BUTTATO VIA LA BOTTIGLIETTA D'ACQUA. MI DICI PERCHÉ?
**Essere privi di sostegno alimentare aiuta a vincere**
SBAGLI. SE SI SUDA BISOGNA BERE. ALTRIMENTI SI SVIENE. CAPITO?
**Si ma no svenuti**

(3 settembre 2004, con la mamma e il papà)

TI VA DI STARE A CASA AL MATTINO?
**Si**
**Io rilasso mio cuore**
COSA FAI A CASA?
**Guardo tutto il possibile e resto calmo**
MA GUARDI E BASTA?
**Conto e ordino e rompo i numeri**
QUALI NUMERI?
**I fogli scrivo e conto**
**Fogli che scrivo a te**

SCRIVI A ME?
**Si**
E COSA MI SCRIVI?
**Pensireri interrotti**
**e strappo pensieri che volano**

(7 ottobre 2004, con la psicologa)

CIAO ANDREA.
**Ciao gioia dai**
ANCH' IO SONO FELICE. A SCUOLA DICONO CHE TI STAI COMPORTANDO MOLTO BENE. TU COSA DICI?
**Che è vero**
RITROVARE LA MAESTRA MARIA È STATO...
**Fantastici momenti**
CON I COMPAGNI VORRESTI...
**Imparare a giocare bene**
TI RICORDI CHE DOMANI, SE NON PIOVE, VAI A SCUOLA DA SOLO?
**Si**
TI RICORDI BENE LA STRADA?
**Si ciao**

(8 dicembre 2004, con la mamma e il papà)

ANDRE, IERI SERA HAI APERTO IL RUBINETTO ESTERNO DI UN BAR E INONDATO LA STRADA.
**Fatto acqua per terra diverto e rido**
TU RIDI, MA I PROPRIETARI DEL BAR NON CREDO SIANO RIMASTI CONTENTI. CHE DICI?
**Piace mollare acqua**
E COSA TI SPINGE A MOLLARE L'ACQUA?
**Rubinetto metto a posto**
MA ALLORA, OGNI VOLTA CHE APRI UN RUBINETTO È PERCHÉ È FUORI POSTO?
**Si ordine metto**
**Faccio casino diverto a vedere arrabbiati**

(26 dicembre 2004, con la mamma)

QUAL È STATO IL REGALO PIÙ BELLO CHE HAI RICEVUTO A NATALE?
**Piero**
ALLORA TI PIACE IL NOME CHE ABBIAMO DATO AL TUO ORSO?
**Piero va bene piace**
COM'È PIERO?
**Morbido amico di giochi capisce**

COSA CAPISCE?

**Andrea**

E COSA CAPISCE DI ANDREA?

**No dà ordini e abbraccio rilasso**

**ciao vado**

2005
Dodici anni

# CORPO VICINO VOGLIO

(13 gennaio 2005, con la mamma e il papà)

CIAO ANDREA. C'È QUALCOSA CHE VUOI DIRMI O CHIEDERMI?

**Sono un uomo felice**

COS'È CHE TI RENDE FELICE?

**La comprensione**
**Di mondo e puoi capirti mio modo di agire**

IO VORREI FARE CON TE DELLE COSE CHE TI PIACCIONO, MI AIUTI A CAPIRE COSA PIACE A TE?

**Ogni buona compagnia piace**
**sono felice dunque tranquillo poco sto aiutami con dolci domande papà così sto bravo e rispondi se**
**ti sono mancato**

TU MI MANCHI OGNI VOLTA CHE PASSA UN GIORNO SENZA CHE TI VEDA. PERÒ TI PENSO E MI PIACEREBBE PARLARE CON TE AL TELEFONO QUANDO SONO VIA.

**Bene muto sto ma muto felice**

(27 gennaio 2005, con la mamma e il papà)

CIAO ANDRE. OGGI SE VUOI FAI TU QUALCHE DOMANDA A ME E ALLA MAMMA. SE NON TI VA ALLORA TI CHIEDO QUALCOSA IO. DIMMI TU.

**Sono divertito**

**Quando papa mi vuole uguale a lui**

**lo somo andrea**

ALLORA DIMMI SECONDO TE COME SONO IO.

**Papa fa il capo di andreas**

E TI PIACE O NO?

**Ordini no**

**Fare richieste prima**

**Ok e'**

**Certo tanto bene**

OK IO FACCIO IL CAPO HAI DETTO, E TU ANDREA COSA FAI?

**Figlio buono e cattivo**

(12 febbraio 2005, con la mamma)

ANDREA, VOLEVO CHIEDERTI SE HAI PRESO TU LA SCHEDA DELLA TELEVISIONE DI SKY?

**Andrea è stato**

E DOVE L'HAI MESSA?

**Sul fuoco**
E TI SEMBRA IL POSTO GIUSTO DOVE METTERE LA SCHEDA DELLA TELEVISIONE?
**Si**
DIMMI ALMENO PERCHÉ L'HAI BUTTATA SUL FUOCO?
**Li brucio i film brutti**

(24 febbraio 2005, con la psicologa e il papà)

CIAO ANDREA, HO MOLTO APPREZZATO CHE CERCHI DI CORREGGERTI E DI PARLARE IN PRIMA PERSONA. ORA CONCENTRATI SUL DIALOGO CON PAPÀ. VUOI DIRE QUALCOSA O CHIEDE LUI?
**Riesci tu a deviare mio stupido parlare papà**
DA OGGI, SINO AL 30 MARZO, CI IMPEGNIAMO A CORREGGERTI QUANDO NON PARLI IN PRIMA PERSONA. IO, LA MAMMA E ANCHE LE INSEGNANTI A SCUOLA, COSÌ CON L'ALLENAMENTO MIGLIORERAI IL MODO DI PARLARE. TI IMPEGNI ANCHE TU?
**Totalmente**
HAI UN CONSIGLIO PER LE INSEGNANTI?

**Urlo per aiuto**
**Riesci a dirglielo**
**Serve ferma fiducia ma umile coerenza**
**hanno paura di ferirmi ma ferito sono se**
**pensanno che io non voglio**

(16 luglio 2005, con la mamma)

ANDREA, VORREI CHIEDERTI UNA COSA: HAI PAURA A DORMIRE DA SOLO?
**Si**
HAI PAURA DI QUALCOSA IN PARTICOLARE?
**Corpo vicino voglio**
**No da solo ciao**

(4 dicembre 2005, con la psicologa e l'insegnante)

QUESTA MATTINA LE PRIME DUE ORE SONO DEDICATE AL COMPITO DI ITALIANO.IL TITOLO È: "CARO DIARIO, OGGI A SCUOLA I MIEI COMPAGNI MI CRITICANO PERCHÉ..."
**Sono autisstico e ogni tanto sono un monello.**

CONTINUA IL COMPITO SCRIVENDO PERCHÉ FAI IL MONELLO.
**Perché pochi mi sono amici e non mi vogliono far giocare con loro.**
VUOI DIRE QUALCOSA AI TUOI AMICI?
**Sì che io voglio vivere da persona normale**

(10 dicembre 2005, con la mamma)

COSA MI DICI DI TUO FRATELLO ALBERTO CHE SI È TAGLIATO TUTTI I CAPELLI?
**Brutto è noo piace testa pelata**
**Testa come pallone**
**Io lunghi piace**
TI CAPITA MAI CHE TI DIANO FASTIDIO I TUOI LUNGHI CAPELLI?
**No piace lunghi**

2006
Tredici anni

# FIFA FARE GRANDI DISCORSI

(11 febbraio 2006, con la mamma)

COSA È PIÙ DIFFICILE PER TE NELLA SCRITTURA AL COMPUTER?
**Vedere .le parole sul video vedo tutte le parole in un catalogo e le inserisco**
COSA TI PROVOCA VEDERE LE PAROLE SCRITTE?
**Emozione agito di cuore**
TU TI EMOZIONI NEL MOMENTO IN CUI TI RENDI CONTO CHE SAI SCRIVERE. È COSÌ?
**Fifa fare grandi discorsi vado piano via facile è**
**Ho il naso grosso**
CREDO CHE TU ABBIA SOLO IL RAFFREDDORE.

(20 febbraio 2006, con la mamma e il papà)

ANDRE, STANNO ARRIVANDO TANTE PROPOSTE DA VARI DOTTORI... SISTEMI COMPORTAMENTALI, CELLULE STAMINALI, CURE MEDICHE, E ALTRE COSE ANCORA... COSA FACCIAMO, RIPRENDIAMO CON QUELLO CHE CI SEMBRA MIGLIORE?
**Non so**
**Qualcosa si.**

(5 marzo 2006, con la mamma)

TI PIACE ANDARE A SCUOLA IN QUESTO PERIODO?
**No vado a casa piace stare a scuola no**
NON TI PIACE LA SCUOLA?
**Nulla**
**Buono studente sono**
C'È UNA MATERIA CHE TI PIACE DI PIÙ?
**Disegno**

(19 marzo 2006, con la mamma e il papà)

OGGI MI HANNO DETTO CHE CI SONO BAMBINI A SCUOLA CHE TI PRENDONO IN GIRO E TI ROMPONO LE SCATOLE. È VERO?
**Tutti rompono  mio pensiero  fiducia rompe papa ho scritto vero  ciao**

*Gli scritti di Andrea da fine marzo 2006 a maggio 2007 sono andati persi perché Andrea ha provato a lavare il computer sotto il rubinetto.*

2007
Quattordici anni

## FRECCIA BRIVIDO BRILLANTE

(24 maggio 2007, con la psicologa)

CIAO ANDREA, COME STAI?

**Bene**

TRA LE PERSONE CHE TI CIRCONDANO CE NE SONO ALCUNE A CUI VORRESTI SOMIGLIARE?

**Franco**

**Bianca nonna mia cara**

FRANCO TUO PAPÀ?

**Papi**

QUINDI TI PIACEREBBE SOMIGLIARE A PAPÀ, ALLA MAMMA E ALLA NONNA. È CORRETTO?

**Molti**

CHE SIGNIFICA MOLTI?

**Bontà hanno**

COSA TI PIACE DI LORO? INIZIAMO DAL PAPÀ...

**Freccia brivido brillante**

**Bello volo**

COSA INTENDI PER BELLO VOLO?

**Con lui volo**

VUOI DIRE CHE VAI A VOLARE CON PAPÀ?

**Volo sempre**

CHE BELLA COSA! ORA PASSIAMO ALLA TUA MAMMA...

**,molto sogno**

MOLTO SOGNO?

**Vita mia mamma**

LA MAMMA È VITA PER TE? HO CAPITO BENE?
**Auguro lei contenta di me**
E LA NONNA TI PIACE PERCHÉ?
**Molto dolce**
IN CHE COSA TI PIACEREBBE ASSOMIGLIARE A LORO?
**Noi molto**
NOI MOLTO?
**Comici**

(28 maggio 2007, con la psicologa)

CIAO ANDREA, DOBBIAMO CONTINUARE A PRENDERE CONFIDENZA CON IL TEMA DI ITALIANO.
È IMPORTANTE PROVARE A SCRIVERE FRASI COLLEGATE DI SEGUITO, IN MODO CHE SI VEDA UN SIGNIFICATO. PROVIAMO. TEMA: "COME VEDO IL MIO FUTURO".
**Non facile**
IL TEMA NON È FACILE?
**Duro**
IL SOGGETTO?
**Vita**
DIMMI SE HO CAPITO BENE: IL TEMA DELLA VITA È DURO?

**Si tanto**
CAPISCO. E COSA RENDE DIFFICILE IL TEMA DELLA VITA?
**Io sono no normale**
NO NORMALE?
**Autistico**

(29 maggio 2007, con la psicologa)

CIAO ANDREA. COME STAI?
**Dico niente**
NIENTE?
**Compiti**
NON VUOI FARE I COMPITI?
**Bisogno bisogno di volontà**
STAI DICENDO CHE C'È BISOGNO DI VOLONTÀ PER SVOLGERE IL COMPITO?
**Subito lo compongo**
COSA?
**Temino**
MOLTO BENE. INIZIAMO CON CALMA. PRESENTAZIONE DI ANDREA ANTONELLO...
**Giovane molto buono con vittimismo con volontà , buon vvivace**
**io gioco con me non mi piaccio voglio**

**cambiare mio non cervello**
**Io sono bombola che lotta con futuro**
**vuoto vita difficile poco**
**giusto mio destino**

(7 giugno 2007, con la psicologa e il papà)

CIAC ANDREA, COME VA?
**Ferito**
FERITO? METTI ALTRE PAROLE AFFINCHÉ IO POSSA CAPIRE...
**Convinti nnon sono**
CHI?
**Bimbi**
QUALI BIMBI?
**Vivi bimbi. Compagni non vogliono credermi**
CREDERE A COSA?
**Che dico cose vere con scritti**
COSA TI FA PENSARE CHE I COMPAGNI NON CREDANO AI TUOI SCRITTI?
**Buon osservatore sono**
COSA HAI OSSERVATO?
**Cuori vedo**
NON MI È CHIARO... "CUORI VEDO"?

**Sono ben solo con loro**
COSA INTENDI DIRE CHE SEI BEN SOLO CON LORO?
**Se credono a me vicini stanno**
VICINI STANNO?
**Mi stanno vicino poco**
ANDREA, I COMPAGNI SONO MOLTO INTERESSATI A TE. SI STACCANO PERCHÉ A VOLTE NON SANNO COME COMPORTARSI.
**Diverso, sono**
ESSERE DIVERSI È IMPORTANTE. TU SEI DIVERSO E UNICO E DA QUI DEVI PARTIRE E IMPOSTARE LA TUA VITA, CHE PUÒ ESSERE MERAVIGLIOSA SE TU LO VUOI.

(24 luglio 2007, con la psicologa e il papà)

CIAO CARO ANDREA, COME VA?
**Femminili tue scarpe**
GRAZIE BOSS! PAPÀ TI CHIEDE SE VUOI SCRIVERE UN BREVE PENSIERO PER TUO FRATELLO ALBERTO...
**Freddo vuoto tu mi vedi**
**Io bene ti voglio**
COSA TI FA PENSARE CHE ALBERTO TI VEDA FREDDO E VUOTO?

**Non rido con lui molto distante con lui vivo non conosco bimbi**
"VIVO NON CONOSCO BIMBI"?
**sto poco con lui**
PERCHÉ DICI CHE STAI POCO CON LUI?
**Non ci gioco tanto**
MI PIACEREBBE SAPERE CHE IDEA HAI DI ALBERTO.
**Bimbo sano con futuro**

(9 ottobre 2007, con la psicologa,
il papà e Alberto)

CIAO ANDREA, OGGI COME PROMESSO FARAI UNA BELLA CHIACCHIERATA CON ALBERTO...
**Ciao fratellino mio**
ALLE VOLTE CI FAI ARRABBIARE, LO SAI?
**Giovane tu sei ma intelligente**
ANDREA, LO SAI VERO CHE MI DISPIACE CHE HAI UNA MALATTIA?
**Io ho testa buona e cuore che regalo per te**
**Giusto bontà non ti manca**
**Resti con me lo stesso anche se sono diverso?**
SÌ, RESTERÒ SEMPRE CON TE FRATELLONE.

**Gioco poco con te molto sono vicino e attento per te coraggio trovo**
COSA VUOI DIRE?
**Sono forte per te**

(15 ottobre 2007, con la psicologa e il papà)

CIAO ANDREA, VOLEVAMO PARLARE CON TE DI QUANTO DI SPIACEVOLE È ACCADUTO LA SCORSA SETTIMANA A SCUOLA...
**Paure,uomo duro preside**
COME STAI TU PER QUELLO CHE È ACCADUTO?
**Logorato**
METTI LE PAROLE...
**Uomo disperato io credo sia**
È QUANTO PENSIAMO ANCHE NOI... QUESTO PERÒ NON GIUSTIFICA QUELLO CHE HA FATTO...
**Era bomba contro me**
**Uno brontola ma non picchia**
BENE ANDREA. ORA PAPÀ FARÀ QUELLO CHE È GIUSTO CON IL PRESIDE IN MODO CHE NON POSSA FARE PIÙ QUESTE COSE CON TE O CON ALTRI BAMBINI. VORREI SAPERE SE TU SEI TRANQUILLO...
**Non a scuola mio destino**
**Rompo e non mi vogliono**

CHI NON TI VUOLE?
**Tutti**
**Rompo ai compagni**
I TUOI COMPAGNI CONOSCONO BENE LE TUE MODALITÀ DI RELAZIONARTI CON LORO. QUESTO NON OSTACOLA IL LORO DESIDERIO DI AVERTI ACCANTO...
**Tu convincili che niente duro sono**
"NIENTE DURO?"
**Non cattivo**

(21 ottobre 2007, con la psicologa e il papà)

CIAO CAMPIONE, OGGI HO PARLATO A LUNGO CON VALERIA E ANGELA. MI HANNO DETTO CHE ESPRIMI UN PARTICOLARE BISOGNO DI VICINANZA IN QUESTO PERIODO. CHIEDI LORO CONTINUAMENTE LA MANO.
**Tutto vero**
ABBIAMO BISOGNO DI CAPIRE PERCHÉ SUCCEDE QUESTO...
**Restano paure**
PAURE DI?
**Insicurezze**
QUALI INSICUREZZE? FAMMI UN ESEMPIO...
**Tipo bisogno tempo**

NON È CHIARO... FAMMI UN ESEMPIO CONCRETO... CI STAI DICENDO CHE HAI BISOGNO DI TEMPO PER TORNARE SERENO?

**rubo sicurezze**

ANDREA QUAL È LA TUA PAURA?

**Ferito dammi tempo**

FERITO DA CHI?

**Preside**

IL PRESIDE SI È AVVICINATO ANCORA A TE IN QUESTI GIORNI?

**lui dentro di me.**
**Uomo nero non viene**
**Sto male**
**Violenza**
**Non voglio**

(29 ottobre 2007, con la psicologa)

CIAO CAMPIONE, COME STAI?

**Uomo sono bene sto**

CI FA PIACERE. OGGI INIZIERAI A SVOLGERE UN TEMA DI ITALIANO.

**Devo**

ESATTAMENTE. TI INVITO A RIFLETTERCI PER ALCUNI MINUTI, POI INIZIAMO.

**Asino non sono**

COMINCIAMO CON IL TEMA...

**Ragazzo autistico sono io con**
**povere risorse ma consapevole di essere adolescente**
**paure come tutti i miei compagni ho di diventare vero adulto con intelligente cuore**
**voglio vita piena di lunghi pensieri per altri indifesi amici**
**unico scopo servire con tanti sogni per aiutare gente che bisogno doloroso ha**
**Tantissimo ho da dare. Dico tanto diverso con figura fuori uguale agli altri dentro giostra di colori ho.**

(18 dicembre 2007, con la psicologa e la mamma)

ANDREA, VUOI DONARE ALCUNI TUOI SCRITTI AI TUOI INSEGNANTI E AI TUOI COMPAGNI PER NATALE?

**Per mio regalo di Natale a tutti amici miei voglio scritti con dedica dare**

VAI CON LA DEDICA.

**Con prezioso amore pensieri di giovane Andrea**

## 2008
## Quindici anni

# RESTO UOMO MOLTO DANNOSO

(17 gennaio 2008, con la psicologa)

CIAO CAMPIONE, TI VEDO PARTICOLARMENTE ALLEGRO...

**Tanto**

OGGI VOLEVO PARLARE CON TE DELLA SCUOLA...

**Io sto bene con le mie donne**

INTENDI LE TUE COMPAGNE DI CLASSE?

**Si**

DIREI CHE PUOI RITENERTI FORTUNATO, HAI UNA SCHIERA DI DONZELLE A TUA DISPOSIZIONE...

**Difficile stare normale**

**Dico che sono troppe e perso la testa**

SCHERZI A PARTE, CI SONO PROBLEMI CON LORO?

**No**

COME STA ANDANDO CON I TUOI INSEGNANTI?

**Si meglio**

MEGLIO RISPETTO ALL'INIZIO DELL'ANNO SCOLASTICO?

**Bene con alcuni**

QUINDI CON ALTRI CI SONO DELLE DIFFICOLTÀ...

**Alunno vivace**

DIMMI DI PIÙ.

**Dubbi hanno su mio cervello**

COME VA CON L'INSEGNANTE DI SOSTEGNO?

**Con sua lingua devo lottare**

SPIEGAMI MEGLIO...
**Parla troppo**
LE CONSIGLIEREMO DI TRATTENERSI. COME STA ANDANDO IL LAVORO IN CLASSE CON LEI?
**Resto uomo molto dannoso**
**mi riprende molto**
**Devi dirle come aiutarmi a studiare**

(10 marzo 2008, con la psicologa e il papà)

CIAO ANDREA, PARLIAMO DELLA GITA CHE FARETE IN APRILE. SEI FELICE DI ANDARE ALL'ISOLA D'ELBA?
**Troppo contento**
MI FA PIACERE. RICORDATI CHE LO SCOPO È TRASCORRERE DEI BEI GIORNI CON I TUOI COMPAGNI DI CLASSE.
**Devo comportarmi bene**
CERTAMENTE. LA TUA INSEGNANTE DI ITALIANO DESIDERA SAPERE COME HAI VISSUTO LA VISITA AL MUSEO DELLA PRIMA GUERRA MONDIALE...
**Dico molto forte**
FORTE?
**Brutti feriti soldati che armi di pericoloso potere usavano**

(17 marzo 2008, con la mamma)

CIAO CAMPIONE, VORREI SAPERE COSA TI PREOCCUPA...
**Compagni**
SPIEGAMI...
**Molto negativi**
PUOI FARMI UN ESEMPIO?
**Aspettano una mia crisi**
COSA TI FA PENSARE CHE ASPETTINO UNA TUA CRISI?
**Ho occhi puntati**

(31 marzo 2008, con la psicologa e il papà)

CIAO ANDRE! CI DICI COME STAI?
**Cuore**
CI SPIEGHI?
**Io sono innamorato**
CI FA PIACERE ANDREA, DESIDERI PARLARNE?
**Ho nel cuore bimba mora e coraggiosa**
PAPÀ È CURIOSO DI SAPERE CHI È...
**Non lo avete capito**
CHE COSA DOVEVAMO CAPIRE?
**Tutti voi la conoscete bomba sexy**

ORA CI TIENI TROPPO SULLE SPINE...
**Damaris**
GLIELO HAI DETTO?
**lo sa già Le voglio bene**

(7 aprile 2008, con la psicologa e l'insegnante)

CIAO ANDREA, VUOI CHE LAVORIAMO PER IL COMPITO DI ITALIANO?
**Aspetto con molta agitazione**
ALLORA INIZIAMO CON LE PROVE.
**Meglio**
TITOLO DEL TEMA DI ITALIANO: "SCRIVO UNA LETTERA A..."
**Numero uno mio papà**
**Piccolo uomo mi commuovo con te che in questi anni sei cambiato e voli con fragile figlio autistico, non sicuro di tenere rotta giusta ma certo di voler viaggiare con lui.**
**Giro con te pieno di gioia e di orgoglio io uomo mi sento ma coraggio mi vuole per piacere a te dritto e ligio viso di chi conosce il mondo.**

(5 maggio 2008, con la psicologa e il papà)

CIAO ANDREA, OGGI L'ARGOMENTO È LA GITA ALL'ISOLA D'ELBA. RACCONTACI COME È ANDATA...
**Vero felice momento**
TI SEI DIVERTITO MOLTO. COSA TI È PIACIUTO DI QUEI GIORNI?
**Noi compagni tanto uniti**
CI STAI DICENDO CHE AVETE TRASCORSO MOLTO TEMPO ASSIEME?
**Peggio noi volevamo vivere tempo maggiore assieme**
TI SAREBBE PIACIUTO SE LA GITA FOSSE DURATA PIÙ A LUNGO?
**Gite tempi troppo corti**

(12 ottobre 2008, con la mamma e il papà)

TI RICORDI QUALCOSA DELL'INCIDENTE IN MOTO CON PAPÀ?
**Si**
CI DICI COSA RICORDI?
**Volo forte nel**
**Cielo caduto fatto male vado ospedale no**
E COSA TI RICORDI DELL'OSPEDALE?

**Vicino a papa tanto bianco vedo tanti dottori**
COME SEI STATO ALL'OSPEDALE?
**Mamma aiutato andrea male la gamba di no muovere**
E CON IL GESSO COME È ANDATA?
**Tolto tutto gesso libero sono adesso**
QUANDO STIAMO MEGLIO FACCIAMO ANCORA I NOSTRI GIRI IN MOTO?
**In macchina si no moto**
**Ciao papa**
HAI AVUTO MOLTA PAURA PER L'INCIDENTE?
**Si diverto la paura si male**
QUANDO STAVI IN AMBULANZA COSA TI DICEVANO I DOTTORI?
**Stai tranquillo e fermo bravo**

*Franco e Andrea hanno avuto un incidente andando in moto. Andrea ha fatto un volo di sessanta metri e si è soltanto fratturato un malleolo. Franco ci ha messo un anno a riprendersi da una complicata frattura al femore.*

## 2009
## Sedici anni

# MI SENTO ADULTO SENZA SCARPE

(20 gennaio 2009, con la psicologa e il papà)

CIAO ANDREA, COME TI VA?
**rubo tempo tuo di Albertino voglio parlare**
VUOI PARLARMI DI TUO FRATELLO?
**Molto bene io batto sua pazienza**
BATTO?
**rompo tanto**
COME MAI ROMPI TANTO AD ALBERTO?
**Tempo fragile ho**
COSA INTENDI CON TEMPO FRAGILE?
**Non stiamo insieme**
VUOI DIRE CHE TRASCORRETE POCO TEMPO ASSIEME?
**Forte desiderio ho di stare con lui**
IN CHE MODO TI PIACEREBBE STARE CON LUI?
**Ti dico fai parlare andrea con torello alberto**
COME MAI LO CHIAMI TORELLO?
**Ha carattere**
QUINDI IL TUO DESIDERIO È DI PARLARE CON TUO FRATELLO?
**Ho bisognio**
**Prepara il computer lui scrive con me**
**Piccolo ma impara**

(11 febbraio 2009, con la mamma e il papà)

SENTI ANDREA, QUAL È LA TUA SQUADRA DEL CUORE?
**Fiorentina**

(27 aprile 2009, con la psicologa e il papà)

CIAO CAMPIONE, FELICE DI VEDERE CHE HAI RIPRESO A SCRIVERE CON I TUOI GENITORI.
**Difficile periodo**
A COSA TI RIFERISCI?
**Ragiono poco**
SPIEGAMI…
**Duri tutti con me**
**,io non mi controllo**
SECONDO TE LA MANCANZA DI CONTROLLO A CHE COSA È DOVUTA?
**Mi sento adulto senza scarpe**
SENZA SCARPE?
**Senza futuro**

(3 maggio 2009, con la mamma)

CIAO ANDREA, COSA HAI DA DIRMI?

**Sei arrabbiata**

SÌ, SONO ARRABBIATA CON TUO FRATELLO CHE NON SI IMPEGNA A SCUOLA E ANCHE TU CHE TI FAI PREGARE PER DIRCI QUALCOSA AL COMPUTER...

**Devo fare violenza a mia testa per sedere di fronte video e scrivere miei disagi di contenere tutte stereotipie**

LO SAPPIAMO. CI DOBBIAMO IMPEGNARE OGNI GIORNO. TI VA DI MIGLIORARE LA TUA COMUNICAZIONE?

**No duro lento lavoro**

E IO INVECE TI DICO CHE VOGLIO CHE TI IMPEGNI PER IL TUO BENE. NON SI DISCUTE SE RISPONDI COSÌ.

**Cattiva ti dico obbedisco**

C'È UN SISTEMA PER COMUNICARE MIGLIORE DELLA SCRITTURA?

**Leggere pensieri dalla testa di andrea Antonello buon metodo**

NOI UMANI NON SAPPIAMO LEGGERE IL PENSIERO. E TU?

**Si trasformo gesti e reazioni di umore**

(21 giugno 2009, con la mamma e il papà)

CIAO ANDREA, ABBIAMO PROVATO L'ESPERIENZA DELLA CAMERA IPERBARICA. COME TI È SEMBRATO?

**Quando respiro sono imbucato con maschera e obbligo pensieri tristi non muovere**

E COSA PASSA NELLA TUA TESTA?

**Gioco con colori**

QUALI COLORI?

**Arcobaleno**

IMMAGINI I COLORI PERCHÉ...

**Resto rilassato**

PENSI A QUALCOSA QUANDO RESPIRI L'OSSIGENO CON LA MASCHERA?

**Sogno le parole**

(29 settembre 2009, con la psicologa e il papà)

CIAO CARO ANDREA... CHE NE DICI DELLA RICHIESTA DI PAPÀ?

**Parlare**

PARLARE?

**Dei miei interessi**

PERFETTO, A TE LA PAROLA...

**Pittura**

RISPETTO ALLA PITTURA CHE COSA CI DICI?

**Mostre lieto momento per me**

C'È UN PITTORE CHE CONOSCI E TI PIACEREBBE APPROFONDIRE?

**Goloso di conoscere meglio  munchen**

COSA SAI DI QUESTO ARTISTA?

**Niente urlo**

(5 ottobre 2009, con la psicologa e il papà)

CIAO ANDRE, TUTTO BENE?

**Sicuri felici momenti con te**

ANCHE QUANDO STO SUL DIVANO E TU IN TERRAZZA DA SOLO?

**Sono sogni ad occhi aperti di un ragazzo autistico**

VA BENE. MI PIACEREBBE CHE TU MI RACCONTASSI I TUOI SOGNI...

**Ti vinco a calcio**

INTENDI DIRE CHE TI PIACEREBBE VINCERE UNA SFIDA A CALCIO CON PAPÀ?

**Veloce sei con mani io non mi controllo**

E DA ADESSO NON MI CONTROLLO NEANCHE IO. SE TOCCHI ANCORA LA PANCIA A ME E A QUALSIASI PERSONA FARAI I CONTI CON ME.

QUESTA COSA DELLA PANCIA LA DEVI CONTROLLARE, PUNTO E BASTA.

**Gioco tremendo è l'autismo**

E DOBBIAMO GIOCARLO, NON C'È ALTRO DA FARE. IL TOCCARE LE PANCE DOBBIAMO VINCERLO PUNTO E BASTA.

TORNIAMO AI SOGNI, VORREI SAPERNE ALTRI...

**Bisogno di avere buoni amici io vivo con questa speranza**

LE COSE SI COLLEGANO, ANDREA. DIPENDE DAL TUO COMPORTAMENTO. SE TOCCHI COME STAI FACENDO LE PERSONE NON POTRAI AVERE AMICI PERCHÉ TI STARANNO LONTANO...

**Paura di non farcela**

TUTTI ABBIAMO UNA PAURA... LA STRADA È AFFRONTARLA. SE NON CREDI TU PER PRIMO NELLE TUE CAPACITÀ... CHI VUOI CHE CI CREDA?

**Fortunato sono ma non riesco a fermare il mio gesto**

(19 ottobre 2009, con la psicologa)

CIAO ANDREA, DEVO CONSEGNARE LA RELAZIONE AGLI INSEGNANTI PER DARE LORO MAGGIORI INFORMAZIONI. CHE NE PENSI?

**Lo trovo giusto**
SAREBBE BELLO CHE TI PRESENTASSI ANCHE TU. A TE LA PAROLA...
**Vi scrivo di me dentro una scatola piena che si apre con difficili gesti.**
**Fragile mio cuore batte per amicizia**

**Porto richieste a tutti voi primo non ditemi sempre cosa non devo fare ma aiutatemi a vedere come muovere mio corpo**
**Poi non tenetemi fuori dal mondo io sento e vedo oltre**
**Gioco di mani serve non paura, io sento lo spavento**
**Non capisco vostri gesti improvvisi**
**Ricordate Andrea in crisi sta da solo non cercatemi ho bisogno di spazio e tempo,grazie amici. Andrea**

(3 dicembre 2009, con la psicologa e il papà)

CIAO ANDREA, IN QUESTI GIORNI HAI AVUTO NUMEROSE CRISI... CI PIACEREBBE SAPERE COSA NE PENSI...
**Zero mi contengo**
**Non so come fare**

INTANTO CI VUOLE CALMA E NON BISOGNA
SFOGARSI CON LE PERSONE...
**Dico bisogno di voi ho**
E SICCOME NOI CI SIAMO SI COMINCIA
SUBITO. PREPARATI!!!

(11 dicembre 2009, con la psicologa e l'insegnante)

CIAO ANDREA, OGGI SIAMO QUI PER SVOLGERE
IL COMPITO DI ITALIANO "LA VITA È BELLA"...
**Vita dura io ho, evidente a tutti, io non lascio, e di aiuto i miei pensieri sono per chi legge e sa andare oltre e crede che non ci sia in ogniuno di noi un solo uomo ma diversi talenti, fermiamoci a guardare non con gli occhi ma con cuore**

(14 dicembre 2009, con la psicologa e il papà)

CIAO ANDREA, FELICE DI AVER PASSATO UN
GIORNO CON DAMARIS?
**Niente di meglio**
**Io felice**

**tenera damaris io voglio sapere cosa ti spinge a starmi vicino**

IO CREDO CHE, COME LEI, MOLTE PERSONE HANNO PIACERE A STARTI VICINO.

VUOI DIRLE QUALCOSA?

**Grazie per trattarmi come Andrea.**

COSA INTENDI?

**Non bisogna stare a vedere fuori**

**Mia apparenza inganna**

**tutti abbiamo amici cari io ho lei**

2010
Diciassette anni

# SONO UN UOMO IMPRIGIONATO NEI PENSIERI DI LIBERTÀ

(15 gennaio 2010, con la psicologa e il papà)

CIAO ANDREA, OGGI È FONDAMENTALE CAPIRE COSA È SUCCESSO A SCUOLA. LASCIO A TE LA PAROLA.

**Ero troppo teso**

MI DICI COSA È SUCCESSO?

**Pugno ho dato a ragazza**

UNA TUA COMPAGNA?

**No gesto improvviso lei si è spaventata**

CI CHIEDEVAMO COME MAI TI SEI SCAGLIATO CONTRO DI LEI. C'È UN MOTIVO PARTICOLARE?

**Comincio a scoppiare senza senso ho paura di non fermarmi**

**Gesti di rifiuto sento vicini**

SPIEGAMI...

**Sento paura degli altri**

SECONDO TE A COSA È DOVUTA QUESTA PAURA?

**Violento mi vedono**

CAPISCO. HO BISOGNO DI SAPERE COME POSSIAMO AIUTARTI...

**Duro trovare soluzione. No facile sentirsi pecora nera**

(18 gennaio 2010, con la mamma e il papà)

ANDRE, COME STAI?

**Malissimo**

PROCEDI...

**Voglio morire**

RACCONTACI COME È ANDATA...

**Non ce la faccio più**

NON CE LA FAI PIÙ... A COSA?

**Lottare con me stesso lento declino il mio**

TUTTI I RAGAZZI DELLA TUA ETÀ PASSANO MOMENTI IN CUI DICONO DI VOLER MORIRE. TRANQUILLO, SONO MOMENTI CHE PASSANO. PERÒ IO VORREI CHIEDERTI PERCHÉ TI È PARTITO QUEL PUGNO ALLA RAGAZZA. È UNA BRUTTA COSA SAI...

**Il mio cervello non connette in momenti di difficile situazione e, non mi controllo**

QUAL ERA LA "DIFFICILE SITUAZIONE" DA GESTIRE IN QUEL MOMENTO?

**Muto sono ma ci sento**

COSA VUOI DIRE?

**Io sono per tanti il pazzo rompi palle**

È STATA LA RAGAZZA A DEFINIRTI IN QUESTO MODO?

**No non lei ma io sono solo e non riesco a controllarmi piu**

CHI DICE DI TE PAZZO ROMPIPALLE?
**Buono franco io non muoio se mi offendono**
POSSO SAPERE CHI SONO?
**ragazzi di scuola**

(26 gennaio 2010, con la mamma e il papà)

ANDRE, ABBIAMO APPENA PARLATO DEL LUNGO VIAGGIO CHE POTREMMO FARE A LUGLIO E AGOSTO. È IMPORTANTE IL TUO PARERE...
**Esterefatto, non ci voglio credere.**
**Io veramente felice sono il sogno di ogni ragazzo**
SAI CHE CI VUOLE IL TUO CONTRIBUTO. PRIMA BENE A SCUOLA E POI AIUTARMI NELLE AVVENTURE CHE AFFRONTEREMO.
**Giocherò bene le mie carte.**
ME LO AUGURO, ALTRIMENTI NON SI PARTE.
**Dritto sono con la scuola devo imparare inglese e tu a comunicare con tuo figlio**
COMUNICARE CON IL COMPUTER?
**Non solo**
PER COMUNICARE MEGLIO CON TE AVREI BISOGNO DI UN AIUTINO. UN CONSIGLIO DA PARTE TUA...

**Tu mi credi maleducato ,io sono sensibile diverso e molto solo**
FELICE DI SAPERE IL TUO PENSIERO. DEVO RIFLETTERE SU QUELLO CHE DICI. UN ALTRO CONSIGLIO SU COME DOVREI COMPORTARMI CON TE. VA BENE COME STO FACENDO?
**Franco per me è unico mi piacerebbe che anche andrea fosse unico per franco**
E NON TI SEMBRA CHE SIA COSÌ?
**Ho aspetti anche belli tu li conosci**
"TU LI CONOSCI", DOMANDA O AFFERMAZIONE?
**Solo domanda**
CREDO DI NON CONOSCERLI TUTTI, ANDREA. AIUTAMI, DIMMI QUALI SONO I PIÙ BELLI...
**No papà non è mio compito**

(23 febbraio 2010, con la psicologa e l'insegnante)

CIAO ANDREA, COME VA?
**Violento non sono stato in questi giorni e sono felice**
BENE, LO SIAMO ANCHE NOI. DOBBIAMO SVOLGERE IL TEMA DI ITALIANO: "CHE COSA SIGNIFICA SECONDO TE AVERE SUCCESSO NELLA VITA".
**Il successo nella vita lo troviamo in ogniuno di noi. Le persone di successo**

**sanno realizzare i loro sogni e stanno bene con se stessi e gli altri.**
**Noi siamo unici e in questo troviamo un cammino diverso che ci costruiamo per raggiungere nostro personale successo.**
**Il nostro compito più difficile è capire cosa vogliamo per noi e non arrenderci agli ostacoli della vita. Fare il nostro sogno è fatica e lavoro che nel tempo ci porta soddisfazione.**
**Oggi il mio grande obiettivo è farmi conoscere chi sono, io ragazzo autistico.**

(6 aprile 2010, con la psicologa e il papà)

CIAO CAMPIONE, COME STAI?
**Oggi volevo essere a scuola**
SAI BENE COME MAI NON SEI LÌ…
**Aiutatemi a tornarci loro mi mancano**
LORO?
**Compagne**
MI DISPIACE ANDREA, PER ME È GIÀ DECISO CHE A SCUOLA NON TORNI. PERCHÉ PERDI IL CONTROLLO E PICCHI LE PERSONE.
**Potere io non ho**
INVECE DIPENDE SOLO DA TE.

**Fermarmi non riesco**
ASCOLTA BENE, ANDREA. LE REGOLE PER TUTTI SONO CHE CHI ALZA LE MANI NON PUÒ STARE INSIEME AGLI ALTRI. TU, COME TUTTI, PUOI DECIDERE QUELLO CHE DEVI FARE, ANCHE SE SEI AUTISTICO.
**No non posso decidere**
HAI LA POSSIBILITÀ ADESSO DI SCRIVERE QUELLO CHE VUOI FARE.
APPROFITTANE...
**Voglio esercitare normale vita da studente**
E MI ASSICURI CHE NON ALZERAI PIÙ LE MANI CON NESSUNO?
**Non posso darti mia parola**
MI DISPIACE ALLORA, PER ME IL DISCORSO È CHIUSO.
**Per me vita chiusa**

(11 giugno 2010, con la psicologa)

PRONTO PER LA FESTA?
**Vera gioia**
MI PARE DI CAPIRE CHE SEI FELICE DI QUESTA ESPERIENZA...

**Molto**

BENE. RACCONTAMI: HAI INVITATO...

**Amici**

TI VA DI DIRE QUALCHE PAROLA A QUESTI AMICI?

**Questa è mia prima vera festa che vivo da protagonista un momento importante per un grande grazie a Voi che siete invitati speciali alla mia vita dolce e amara che ha sale accanto a voi.**

(20 giugno 2010, con la mamma e il papà)

CIAO ANDREA, HAI VISTO CHE BELLA GIORNATA DI PIOGGIA OGGI? TI PIACE?

**Ancora pioggia piace rumore**

FRA QUALCHE SETTIMANA SI PARTE PER IL NOSTRO LUNGO VIAGGIO. HAI QUALCOSA DA DIRE A RIGUARDO?

**Andrea vede bel viaggio avvicinarsi molto contento grazie papa**

VUOI CHE PORTIAMO CON NOI QUALCOSA DI TUO?

**No**

SAI CHE PAESI ATTRAVERSEREMO?

**America**
L'AMERICA SARÀ LA PARTENZA. POI VEDIAMO COME VA...
**Andrea sopporta cambiamenti**
SAI QUAL È LA MIA UNICA PAURA? CHE CI PERDIAMO E NON CI RITROVIAMO PIÙ. COSA NE PENSI?
**Sto vicino a papa**
E SE TI PERDI E NON MI VEDI PIÙ, COSA FAI?
**Muoio**
NON È CHE MUORI SUBITO! PRIMA DI MORIRE COSA FARESTI?
**Guardo in giro**
OK. MA SE NON MI VEDI PER TANTO TEMPO...
**Chiamo papa**
MA SE CI SIAMO PERSI E IO NON ARRIVO, ARRIVA LA NOTTE... COSA FAI?
**Dormo sedutoal bar e aspetto**
VA BENE. MA SE VEDI UN POLIZIOTTO TI AVVICINI E NON LO MOLLI PIÙ. CAPITO?
**Si va bene**
E COSA GLI DICI?
**Il papa scappato**
DEVI DIRE "LOST", CHE IN INGLESE SIGNIFICA CHE TI SEI PERSO. DÀI, SEI PRONTO A OGNI AVVENTURA? DORMIRE IN GIRO, MANGIARE QUELLO CHE VIENE E ADATTARSI A TUTTO?

**Andrea pronto**
C' È QUALCOSA CHE VUOI CHIEDERE PRIMA DI PARTIRE?
**Se papa contento**
MOLTISSIMO. NEMMENO IO HO MAI FATTO UN VIAGGIO COSÌ...
**Siamo viaggiatori avventurosi**
CERTO. HAI PAURA DI QUALCOSA?
**No**

(29 giugno 2010, con la mamma e il papà)

CIAO ANDREA.
**Stiamo tranquilli ciao**
COME POSSIAMO STARE TRANQUILLI SE TU ANNEGHI I BAMBINI IN PISCINA?
**Andrea agitato perde controllo**
ANDRE, NE HO LE PALLE PIENE CHE TI AGITI ALL' IMPROVVISO! NON SI CAPISCE MAI IL PERCHÉ!
SPIEGAMI COSA TI HA AGITATO NEL CASO DELLA PISCINA...
**Tutti i rumori**
**Rumori di piscina e gesti sbagliati**
QUALI GESTI?

**Con le mani tutti diversi andrea ha ossessione per ordine**
**Di gesti**
COSA FACCIAMO PERCHÉ NON ACCADA PIÙ?
**Quando andrea agitato no casino andrea vuole rompere le carte e le cattive abitudini**
TI DEVI REGOLARE PER NON FAR DEL MALE AGLI ALTRI, ALTRIMENTI FINISCE MALE PER TE...
**Guardare andrea e capire malessere insopportabile portami via**
E QUANDO SEI DA SOLO? COSA SI FA?
**Urlo di dolore di testa**
NON CAPISCO...
**Urlo e mi morsico**

(4 luglio 2010, con la mamma e il papà)

CIAO ANDREA, FRA POCO SI PARTE...
**Ci divertiamo grazie papa**
VUOI DIRMI QUALCOSA PRIMA DI PARTIRE?
**Sopporti andrea con autismo**
NON PREOCCUPARTI. SARÀ UN VIAGGIO SPECIALE, DEVI SOLO FARMI CAPIRE SE VUOI CHE CERCHIAMO TRANQUILLITÀ O FESTE...

**Tranquillo e feste**
GRANDE ANDRE! ORA È IL MOMENTO DI SALUTARE TUA MAMMA E TUO FRATELLO...
**Stai in pace senza frate**
**Ciao mamma cara i baci ti do**

*Dal 6 luglio al 9 settembre 2010 Franco e Andrea hanno fatto il folle viaggio da Miami al Bahia che è diventato un romanzo, un film e un documentario.*

(13 settembre 2010, con la mamma e il papà)

IL TUO VIAGGIO PER IL MONDO È STATO...
**fantastica emozione**
MA TUTTE QUESTE EMOZIONI CHE HAI PROVATO NON TI HANNO MESSO AGITAZIONE?
**Controllo buono in viaggio di avventura**
PERÒ HAI CONTINUATO A TOCCARE TUTTE LE PANCE E ANCHE LE TETTINE...
**Sono belle**
COSA TI È PIACIUTO FARE IN PARTICOLARE?
**Io andare con la moto**
E POI, COS'ALTRO TI È PIACIUTO?

**Le rive del fiume**
QUALI RIVE?
**Missisipi bello**
**Buona compagnia mio papa**

(16 settembre 2010, con la mamma)

POSSO FARTI QUALCHE ALTRA DOMANDA SUL TUO VIAGGIO? VORREI SAPERE SE TI È PIACIUTO.
**Tanto**
PUOI DIRE QUALCOSA DI PIÙ DI TUA INIZIATIVA?
**Grande bella visita al mondo ho fatto**
E CON PAPÀ COM'È ANDATA?
**Sempre tanta avventura e fiducia**
COSA VUOI DIRE CON FIDUCIA?
**Papa fiducia di andrea diverso**
ALLORA L'HAI SENTITA.
**Resto contento**
E TU HAI FIDUCIA IN UN ANDREA MIGLIORE?
**Sono bravo**
SPIEGATI MEGLIO...
**Grazie di fiducia**
NON HAI RISPOSTO. HAI FIDUCIA ANCHE IN TE STESSO O NO?
**Provo si provo no**

(25 settembre 2010, con la mamma e il papà)

MI DICI COSA TI RICORDI DI NEW ORLEANS?
**Strade di musica belle passeggiate sulla citta grande fiume Patatine buone**
E DI TUTTI GLI HOT DOG CHE HAI MANGIATO COSA DICI?
**Buono gustoso hot dog.**
E LA GENTE CHE ABBIAMO INCONTRATO?
**Tanti pensieri della gente in giro per le strade Andrea vede e sente**
E A LAS VEGAS COSA TI È PIACIUTO?
**Ragazze belle, tante luci, citta di uomini che rincorrono fortuna.**
E LA NOTTE A PUERTO ESCONDIDO QUANDO SONO STATO MALE E SONO PRATICAMENTE SVENUTO?
**Vegliavo**
MA SEI SEMPRE STATO SVEGLIO?
**Sveglio sono stato a guardarti**
**So che dormendo si guarisce e Andrea è stato vicino.**
SEI IL MIGLIORE COMPAGNO DI VIAGGIO CHE ABBIA MAI AVUTO.
**Sincero papa con Andrea**

(primo ottobre 2010, con la mamma e il papà)

ANDREA, HAI VISTO IL FILM DI TEMPLE GRANDIN SULL' AUTISMO CON MAMMA, COSA NE PENSI?
**Film ho visto di ragazza autistica parlante che vede il mondo come andre**
E COME LO VEDETE?
**Tanti film nella Memoria ho e vedo i pensieri a colori**
**Io ho bisogni di ordine metto ordine al vostro caos**
MA TI RICONOSCI NELLA PROTAGONISTA DEL FILM?
**Io uomo che vede come protagonista**
TI RICORDI CHE PER CALMARSI AVEVA COSTRUITO UNA MACCHINA PER GLI ABBRACCI? COSA NE PENSI?
**Abbracci umani vuole andre**
MA TI PIACCIONO I FILM?
**Si e no**
QUALI TI PIACCIONO?
**Storie di fratelli storie di amore**

(3 ottobre 2010, con la mamma e il papà)

PARLIAMO ANCORA DEL VIAGGIO. È STATA TROPPA LA STRADA CHE ABBIAMO FATTO?

**Troppo poca. Andrea vuole tanti giri nel mondo fare.**

(7 ottobre 2010, con la psicologa)

BUONGIORNO ANDREA, È BELLO AVERTI QUI. COME STAI? COM'È ANDATO IL GRANDE VIAGGIO?
**Molto ho da raccontarti**
**Si io sono cambiato dopo il viaggio**
**Regali alla mia vita ho ricevuto**
MI FAI UN ESEMPIO?
**Gente diversa ho conosciuto mi hanno fatto sentire, un normale ragazzo con carattere strano**
A CHI TI STAI RIFERENDO?
**Forti sciamani**
GLI SCIAMANI TI HANNO FATTO SENTIRE UN RAGAZZO NORMALE. MA COSA INTENDI?
**Non sono l'unico pazzo,loro sono piu fuori di me**
TUO PAPÀ MI HA RACCONTATO CHE AVETE FATTO UN RITO...
**Troppo fuori mi sono sentito con le loro anime addosso**
È UN'ESPERIENZA CHE HAI VISSUTO BENE O MALE?
**Tanto forte,ma sono esperienze uniche**

QUINDI LA RISPOSTA È...
**Ora bene**
PUOI SPIEGARE PERCHÉ HAI SCRITTO CHE HAI SENTITO LE LORO ANIME ADDOSSO?
**Sputato addosso ho sentito fitte sul cuore, male di pancia**

(11 ottobre 2010, con la psicologa)

CIAO ANDREA, HO SAPUTO CHE IN CLASSE STATE TRATTANDO LA 'DIVERSABILITÀ'. COME STA ANDANDO? DESIDERI PORTARE AVANTI QUESTO ARGOMENTO?
**Sono io e voglio trattarlo ampiamente**

(8 novembre 2010, con la mamma e il papà)

COME TI È SEMBRATO L'OCEANO DALL'ALTRA PARTE DELL'AMERICA?
**prima emozione di libertà ho provato con il primo viaggio sull'oceano da poco arrivati**
**lì ho capito che eravamo due uomini in cerca di storia importante.**

(27 novembre 2010, con la mamma e il papà)

ANDRE, DURANTE IL VIAGGIO TI PARLAVO DELLA VITA, DEL FUTURO E DELLE COSE CHE TI DOVRESTI IMPEGNARE A FARE. COSA PENSAVI DI QUELLO CHE DICEVO?

**Andrea ascolta quello che dice papa.**
**Provo a impegnare mia mente ogni giorno ma lotto invano mi dispero per mio autismo**
**Aiuto chiedo aiuto.**

COSA TI POTREBBE AIUTARE?

**No troppe richieste fatico eseguire tanti ordini.**
**Male la testa.**
**Papa scusami io non controllo mio corpo.**

LE SCUSE NON SERVONO A NIENTE.

**So**
**Devi capire mio disagio**
**Grande ansia ho.**

LO SO ANDREA, LO SO. VUOI AGGIUNGERE QUALCOSA?

**Sono un uomo imprigionato nei pensieri di libertà.**
**Andrea vuole guarire.**
**Ciao**

(4 dicembre 2010, con la mamma e il papà)

ANDRE, RACCONTAMI QUALCOSA DEI TRE GIORNI PASSATI IN AMAZZONIA, QUANDO ABBIAMO DORMITO NELLE CAPANNE DEGLI INDIOS...

**Dormito bene come uomo selvaggio indios. Conviene stare dentro il loro mondo di natura.**

COSA VUOL DIRE 'CONVIENE'?

**Adattarsi a loro per guarigione da abitudini moderne**

CONDIVIDO IN PIENO. MI DICI QUALCOSA DELLA RAGAZZA CHE ABBIAMO CONOSCIUTO, QUELLA CHE NON PARLAVA E TI SEGUIVA OVUNQUE...

**Ragazza bella io ascoltavo suoi pensieri Voleva andrea con lei a gioire e giocare**

SECONDO ME AVEVA TRATTI AUTISTICI ANCHE LEI. E SECONDO TE?

**Nostri mondi uguali**

TI SEMBRAVA UNA RAGAZZA FELICE?

**Lei felice di vedere andrea uomo di stessa dimensione, suo simile**

(15 dicembre 2010, con la mamma e il papà)

UNA COSA DI CUI SI PARLA È LA DIFFERENZA DI CULTURA D'EUROPA E STATI UNITI RISPETTO AI PAESI DEL SUD AMERICA, SPECIALMENTE VERSO I RAGAZZI COME TE. VUOI DIRE IL TUO PENSIERO...

**Non sono i giovani diversi con me ma chi li educa alla diversità come paura e come limite U Mano.**

(26 dicembre 2010, con la mamma e il papà)

ANDREA, MA TU SEI PIÙ FELICE O PIÙ TRISTE DI SOLITO?

**Felice**

MA NON SEI TRISTE PER TUTTO QUELLO CHE L'AUTISMO TI IMPEDISCE DI FARE?

**Mondo parallelo è autismo. Devo imparare da terrestri.**

E TU NON SEI UN TERRESTRE?

**Terrestre imparo diventare. Difficile stereotipia di terrestri è dare ordini.**

MA QUAL È LA COSA CHE VORRESTI IMPARARE PER PRIMA DA NOI 'TERRESTRI'?

**Linguaggio di parole.**
SPIEGATI MEGLIO, LE PAROLE LE CONOSCI, LA DIFFICOLTÀ MI SEMBRA DIRE QUELLO CHE PENSI. GIUSTO?
**Andrea vede parole, mente non riesce a dire**
**Ciao**

*Fulvio Ervas*
# PER CERTI VIAGGI

*"La vita è un viaggio".*

*È una suggestione potente. Ci induce a pensare che ci siano molti luoghi dove poter andare. Che ci basti acquistare un biglietto. Magari prenotare un posto vicino al finestrino, con vista spettacolare sul paesaggio che scivola via.*

*Ma per certi viaggi non hai comprato tu il biglietto, e puoi portare soltanto una valigia aran, come scrive Andrea, un colore incompleto, una speciale lunghezza d'onda della luce.*

*Nella valigia aran di Andrea non c'erano le solite cose che incontrano i bambini, il tappeto dell'infanzia, ricco di disegni e intrecci, i libri di favole, le prime bugie, una poesia ripetuta a voce alta, un ruolo nella recita di Natale.*

*Nella valigia aran non c'era la crescita in sintonia con il mondo, la comprensione di regole con le quali confrontarsi.*

*C'era dell'altro, nella valigia aran di Andrea.*

*Ho visto Andrea per la prima volta al bancone di un bar.*

*Ero lì, invitato dal padre, per raccogliere la storia di un loro lungo e avventuroso viaggio nelle Americhe.*

*Stava sistemando qualcosa, altri avrebbero detto spostare o mettere in disordine.*

*Aveva una testona di capelli e si muoveva rimanendo un poco sulla punta dei piedi. Mi ricordava un amico di gioventù, sempre in punta di piedi, sempre a zonzo per il mondo, un vagabondo.*

*Poi l'ho visto sollevare le braccia verso l'alto e muovere le dita.*

*Mi era sembrato che avvitasse lampadine nel soffitto del cielo. Ecco cosa ti accendono le immagini inconsuete.*

*Ma lì, in quel momento, in quel bar con il lungo bancone di marmo e legno, le vetrate piene di luce, Andrea mi è sembrato quello che continua a sembrarmi: una goccia di malinconia piena di vita.*

*E mi è piaciuto subito.*

*Era settembre del 2010.*

*Quando Franco Antonello si è messo in contatto con me perché lo aiutassi a raccontare l'esperienza del lungo viaggio con suo figlio Andrea, mi sono trovato davanti il figlio d'altri, come accade nel mio lavoro di insegnante, solo un po' speciale.*

*L'intenzione iniziale non era di trasformare le annotazioni su un percorso, che non era solo geografico, in un romanzo. L'obiettivo era di comporre una testimonianza, da consegnare ai compagni di classe di Andrea, che mostrasse la possibilità di superare ostacoli, di affrontare imprevisti, non dimenticando l'autismo ma dimostrando che ci si deve (e si può) convivere con coraggio e un po' di follia.*

*Ma i racconti di Franco sul viaggio sono diventati essi stessi, per me, il viaggio dentro la complessità del rapporto di un padre con la disabilità di un figlio.*

*Un universo di frammenti dolorosi, rabbia, fatiche, illusioni, strategie per arrivare a un domani dopo l'altro, fatte di tentativi, scoramenti e ancora insistenze, momenti di pace, istanti di accettazione, ore di ribellione e di domande.*

*Da dove viene l'autismo? Perché nella mia famiglia?*

*Tutte domande che fanno parte della lunga lista di attesa su molti aspetti delle malattie e della vita umana.*

*Quando ascoltavo Franco raccoglievo informazioni del mondo di Andrea prima del viaggio.*

*Ed era la quotidianità. Una sequenza di giorni dove accadevano cose mirabolanti, delle quali, per la mia esperienza di paternità, nulla potevo sapere e che cercavo di comprendere con estrema difficoltà.*

*Una quotidianità dove la comunicazione, la gestualità, la relazione parevano trasformati come per sortilegio in un flusso aggrovigliato.*

*Perché nella mia famiglia? Da dove viene l'autismo?*

*Quante volte, anch'io, mi sarei posto queste domande?*

*E con quanta disperazione avrei affrontato l'unica risposta offerta dalla scienza medica: non si guarisce dall'autismo.*

*Non c'è farmaco, non c'è terapia, né pozione magica che srotoli la mente dall'autismo. Da nessuna parte nell'intero pianeta.*

*Eppure Franco progetta con Andrea un viaggio avventuroso, fuori dal contesto familiare, là dove il mondo è mutevole, là dove un ragazzo autistico potrebbe, ancor più, confondersi.*

*È come se avesse detto a se stesso che in mancanza di medicine salvifiche per il proprio figlio, allora che veda il più possibile, che si diluisca nel mondo.*

*Il viaggio come simbolica uscita dall'autismo, come battesimo dentro la 'normalità' che esige regole, sequenze, temporalità, causalità.*

*Una distesa di difficoltà per un ragazzo autistico; così come il mondo adulto è assai poco rispettoso dell'essere bambini, anche il mondo dei 'normali' si piega con fatica alle diversità.*

*C'è, in questo, uno stridore morale.*

*Ma un bambino, quando sia stato lanciato nel mondo, anche quando abbia palesi difficoltà, ha il diritto di provare a vivere con dignità. La società tutta ha il dovere di togliere dalle sue spalle parte della fatica che questa esperienza comporta.*

*Era questo l'urlo sottostante alla storia che Franco mi stava raccontando, la richiesta al mondo. Esplorare luoghi, in apparenza scenari per turisti dotati di tempo, era una ricerca di frammenti di serenità, di piccole occasioni di accoglienza, di spazi aperti.*

*Che il mondo lasciasse respirare quel ragazzo autistico e anche chi vive con lui.*

*C'è un prima e un dopo il viaggio di Franco e Andrea. Questo ha prodotto una narrazione, un film e dei documentari di altri viaggi molto intensi.*

*Ma, ancor più, Andrea con quel viaggio ha accelerato il suo passo.*

*Perché non è certo un dono l'autismo, lo si comprende bene scorrendo le parole che Andrea affida a un computer, il dia-*

*framma attraverso il quale il suo mondo e il nostro mondo si interfacciano cercando una lingua in cui comprendersi.*

*Sono parole che nascono in una stanza, sono risposte a domande: venti anni di domande e risposte.*

*Sono appuntamenti quotidiani, addensamenti del tempo, dove la famiglia cerca di scandagliare la mente del figlio autistico per indagarne gli stati d'animo, i pensieri, i desideri.*

*In quella stanza, che diventa una bolla di presente, si cerca di rielaborare gli accadimenti passati e di dare una struttura al futuro di Andrea.*

*Le parole che escono narrano non solo di confusioni, rumori nella testa e agitazione, ma anche di apprendimento, di scuola, di compagni, di famiglia, di viaggi, di autonomia, di più vita.*

*Perché la valigia aran, in questo viaggio di parole, faticosamente e ostinatamente, si è via via riempita di strumenti per vivere con maggior pienezza e dignità.*

*La valigia aran è diventata il mezzo, e la testimonianza, di una sorta di evoluzione personale non dall'autismo alla normalità, ma verso una migliore gestione di sé.*

*Lavorare su venti anni di parole di Andrea è stata un'immersione non priva di difficoltà; non sono immune alla percezione del dolore e della difficoltà del vivere.*

*Ma ho capito, anche, che tutti abbiamo una valigia aran, che ciascuno può riempirla degli strumenti più efficaci per quel complesso viaggio che è la nostra esistenza.*

*E che Andrea ce la stia mettendo tutta io l'ho sentito quando, alcuni mesi fa, sono stato invitato a un incontro nella sede dei "Bambini delle fate" e ci siamo seduti accanto.*

*Lui è rimasto seduto, io gli ho preso la mano e siamo stati, per minuti, mano nella mano.*

*Non come un 'normale' e un autistico, ma come due vite che si intersecano.*

*Ecco, quei minuti di intersezione sono stati tra i più emozionanti degli ultimi anni e li ho messi nella mia valigia aran.*

Fulvio Ervas

2011
Diciotto anni

# VEDO LE PAROLE
# E NON RIESCO A DIRLE

(5 febbraio 2011, con la mamma e il papà)

CIAO ANDREA, COME MAI PARLI SEMPRE MENO?
**In confusione è la mia testa**
COSA SUCCEDE QUANDO LA TUA TESTA È IN CONFUSIONE?
**Vedo le parole e non riesco a dirle**
MA SEI PIÙ IN CONFUSIONE IN QUESTI GIORNI?
**Si**
**Andrea chiede aiuto testa confusa male sto**
CHE AIUTO VUOI?
**A guarire mia condizione di autismo sono stanco di stare così**
CE LA PUOI FARE. TI STAREMO VICINI.

(15 febbraio 2011, con la psicologa e il papà)

CIAO ANDREA, FELICE DI VEDERTI...
**Tu non sai che io dico solo la verità**
A COSA TI RIFERISCI?
**Parlo con mio padre**
SÌ, PADRE FIGLIO E SPIRITO SANTO. PERÒ OGNI VOLTA CHE TI CHIEDO DOVE SEI STATO

DURANTE LA GIORNATA NON MI DICI MAI IL LUOGO GIUSTO... E ALLORA?
**Franco devi fidarti di me, mi piacerebbe che tu diventassi autistico**

(7 marzo 2011, con la psicologa e Alberto)

CIAO CARO ANDREA... IL TUO DESIDERIO SI È REALIZZATO IN POCHE ORE. HAI RICHIESTO DI PARLARE CON ALBERTO...
**Sono felice**
LASCIO A TE LA PAROLA...
**devo calmarmi ora gusto questo momento di pace con mio fratello**
SONO FELICE CHE DICI COSÌ, MA PERCHÉ QUANDO PAPÀ ERA VIA MI FACEVI MALE E APPENA È TORNATO TI SEI SUBITO CALMATO?
**Fratello io ho paura di papa' come ne hai tu**
LA MAMMA DICE CHE QUANDO MI FAI MALE LO FAI PERCHÉ È IL TUO MODO DI VOLERMI BENE MA SICCOME NON SO SE SIA VERO MI PUOI DIRE TU PERCHÉ LO FAI?
**Mio modo di volerti vicino**
VUOI SPIEGARE COSA INTENDI DIRE?
**Tu sei lontano perché io non so darti le**

**cose che desideri come giocare fare sport e parlare**
PARLARE HO CAPITO CHE NON POSSIAMO TANTO FARLO, MA QUANDO MI RINCORRI PER CASA NON TI PARE CHE STIAMO GIOCANDO?
**Io vorrei giocare con te come due fratelli grandi**
PERCHÉ A VOLTE ENTRI IN CAMERA MIA E FAI DISASTRI?
**Io faccio così perché voglio tua attenzione**
PERCHÉ A VOLTE BACI LA MAMMA IN BOCCA E QUANDO DICE BASTA TU CONTINUI?
**non riesco a fermare miei impulsi**
**vivo in un corpo che non ascolta**
HAI QUALCOS'ALTRO DA DIRMI?
**Dico grazie ancora percheè mi sopporti**

(14 marzo 2011, con la mamma)

OGGI PARLIAMO DEL TUO LAVORO IN ARTETERAPIA...
**Muoio se non ho l'arte**
**Sento le mie opere prima di produrle**
**Disegno i miei pensieri**

(primo maggio 2011, con la mamma e il papà)

CIAO ANDREA, STIAMO SCRIVENDO IL LIBRO SUL NOSTRO VIAGGIO AVVENTUROSO. TI VIENE IN MENTE QUALCHE TITOLO?

**Percorsi dentro**

ANCORA.

**Curve pericolose verso il futuro**

ANCORA.

**Andiamo a fare un giretto**

ANCORA.

**Il sogno di un'estate**

ANCORA.

**Percorsi avventurosi con angelo custode**

(14 giugno 2011, con la mamma e il papà)

CIAO ANDRE, ALLORA CI DICI DOVE SEI STATO PER UN'ORA QUANDO SEI ANDATO IN GIRO DA SOLO AL CONCERTO DI VASCO ROSSI?

**A fare un giretto p a guardare le Persone**

SEI ANDATO VICINO AL PALCO O DIETRO DOVE C'ERA PIÙ SPAZIO?

**Vicino pal co**

**Percorso quadruato in mezzo persone**

HAI VISTO QUALCUNO CHE CONOSCI?
**No**
HAI TOCCATO LE PERSONE?
**Mai**
COME MAI SEI STATO VIA COSÌ TANTO?
**Guardavo vasco**
**Bella musica e canzoni di vasco ho ascoltato al concerto sono andato a fare Un giretto fino in fondo per calmare cuore e ascoltare bene**
SÌ, E NOI DUE ORE A CERCARTI. MA LO SAPEVI CHE ERAVAMO PREOCCUPATI CHE TI FOSSI PERSO?
**Papa sa che andrea non dimentica strade**

(23 luglio 2011, con la mamma e il papà)

SENTI ANDREA, CI SONO ALTRE DUE PROPOSTE PER IL TITOLO DEL LIBRO SUL NOSTRO VIAGGIO: "SE TI ABBRACCIO NON AVERE PAURA" E "SENZA BUSSOLA". CHE NE PENSI?
**Belli sono .chi decide titolo**
SE IL LIBRO VERRÀ PUBBLICATO DA UNA CASA EDITRICE LO SCEGLIERANNO LORO E SE LO STAMPIAMO NOI DECIDIAMO IO E TE...

**Capito**
TI PIACE DI PIÙ IL PRIMO TITOLO O IL SECONDO?
**Primo**
VUOI PROVARE A SCRIVERE UNA PRESENTAZIONE PER IL LIBRO?
**Si. Un papa speciale mi ha portato con lui. Abbiamo visto paesi e conosciuto Persone. Si è fidato di un figlio inaffidabile.Grazie.**

(primo ottobre 2011, con la mamma)

CIAO ANDRE, VORREI SAPERE COME VA IN QUESTI GIORNI QUANDO VAI E TORNI DA SCUOLA DA SOLO…
**Grande libertà di muovermi senza i ordini bello piace**
FAI SEMPRE LE STESSE STRADE O DIVERSE?
**Tante strade portano a scuola**
E LE VUOI FARE TUTTE?
**Si**

(16 ottobre 2011, con la mamma e il papà)

CIAO ANDRE, FULVIO, LO SCRITTORE, VUOLE SAPERE SE TI RICORDI QUALCOSA DI QUANDO ERI BAMBINO.
HAI QUALCHE RICORDO DI QUANDO ERI PICCOLO?
**difficile dire**
**tutti parlavano e chiedevano di fare**
**andrea sentiva tanti rumori confusi e**
**male testa non riesco essere vero umano**
**tutti tristi io stavo bene in mio mondo**
**obblighi difficili ordine cercavo e**
**urlavo per sostenere caos**
UN RICORDO BELLO...
**corse sulla spiaggia**
E DEI NONNI?
**nonno gino**
**vedere i cavalli voglio bene gino vicino**
**basta**

(30 ottobre 2011, con la mamma e il papà)

DÀI, COMINCIA TU STAVOLTA...
**ciao**
**e' buio no dormire**
**giretto andiamo**

VUOI FARE GIRI DA SOLO O CON PAPÀ O LA MAMMA O ALTRE PERSONE?

**con tutti mi piace vedere persone con andrea vicino**

MI PIACE VEDERE PERSONE CON ANDREA VICINO PERCHÉ...

**andrea sconvolge piani e aiuta a guarire da egoismo**

(3 novembre 2011, con la mamma e il papà)

POSSO SAPERE PERCHÉ IERI SERA HAI APERTO IL MIO CELLULARE E HAI SPEZZATO IN DUE LA SCHEDA???

**scusa papa gioco brutto ho fatto**
**perdona mio gesto fuori controllo**

INTANTO PAPÀ SI SCRIVE CON L'ACCENTO!
COSA VUOL DIRE 'BRUTTO GIOCO'?

**Provo controllare istinto di rompere regole**
**scusa di mio limite tremendo**

(13 novembre 2011, con la mamma e il papà)

ANDRE, PROVA A DIRE UN' ALTRA COSA CHE È NEI TUOI RICORDI DI QUANDO ERI PIÙ GIOVANE...
**ricordo papa' arrabbiato con andrea per gesti**
E QUANDO ERO ARRABBIATO COSA FACEVI?
**cuore fuori controllo**
E COSA PENSAVI?
**grave malattia di papa'**
**andrea da aiuto**
PERCHÉ MI DICI CHE LA MALATTIA È MIA, MI SPIEGHI MEGLIO?
**egoismo umano**
E TU SEI L'EXTRATERRESTRE VENUTO QUI PER GUARIRMI, VERO?
**si**
E IO COME FACCIO A CREDERCI?
**cuore duro di papa' deve guarire**

(18 novembre 2011, con la mamma e il papà)

CIAO ANDREA, COME VA?
**bene sono bravo maggiorenne**
COSA VORRESTI ORGANIZZARE PER LA TUA FESTA DEI DICIOTTO ANNI?

**da papa con amici e amiche**
**torta con candele**
**musica**
**compagnia bella**
DICONO CHE DAI DICIOTTO ANNI SI POSSA FARE CIÒ CHE SI VUOLE. COSA NE PENSI?
**ascolto papa e la mamma**
**trovo fidanzata**
VUOI UN AIUTO O TI ARRANGI DA SOLO?
**da solo**
BRAVO!

2012
Diciannove anni

# AIUTO SONO FAMOSO

(16 marzo 2012, con la mamma)

CIAO ANDREA, COM' È ANDATA LA LEZIONE DI ARTETERAPIA?
**Bene ho pitturato guardando foto**
HAI SCELTO TU LA FOTO DA COPIARE?
**Si**
QUALI COLORI HAI USATO OGGI? CALDI O FREDDI?
**Caldi e freddi**
SEI TRANQUILLO O AGITATO?
**Agitato sono**
**Ciao**

(17 marzo 2012, con la mamma e il papà)

CIAO ANDREA, COME TI VA?
**un casino sta succedendo franco**
MI SEMBRA CHE STIAMO FACENDO UNA COSA BELLA...
**tanto rumore, ho paura di voler fare meglio.**
FARE MEGLIO?
**ora non voglio fermarmi ma paura ne ho**
PAURA DI NON ESSERE ALL' ALTEZZA?
**Penso che la mia storia possa aiutare altri ragazzi ma non voglio dare una immagine sbagliata**

PENSO CHE IL NOSTRO FAVOLOSO VIAGGIO E IL NOSTRO LIBRO CI DIANO LA POSSIBILITÀ DI COMUNICARE COSE IMPORTANTI SULL'AUTISMO E SULLA DISABILITÀ. LO FAREMO SENZA TRISTEZZA, CON IRONIA, CERCANDO DI DARE POSITIVITÀ, SPERANDO DI DIRE COSE CHE POSSANO ESSERE D'AIUTO AI RAGAZZI E ALLE LORO FAMIGLIE, SOPRATTUTTO A QUELLI CHE NON CE LA FANNO.

**lo voglio papà, un discorso reale non una favola**

(23 marzo 2012, con la psicologa e il papà)

CIAO ANDRE, COME VA OGGI?

**Aiuto sono famoso**

QUESTO È UN PERIODO PARTICOLARE PER TE...

**Difficile restare calmi**

**io molto agitato**

E L'AGITAZIONE È DOVUTA A...

**Periodo impegnativo per quello che sto vivendo**

ANDREA, SE TI AGITA TANTO POSSIAMO FERMARCI. SE CONTINUIAMO DEVI ESSERE TRANQUILLO, COME QUANDO FACCIAMO I NOSTRI GIRI IN MACCHINA O PER IL MONDO.

È UNA COSA SEMPLICE, COME TANTE ALTRE, MA POSSIAMO DARE VOCE A TANTI RAGAZZI COME TE...

(17 aprile 2012, con la psicologa)

CIAO ANDREA, FELICE DI VEDERTI...
**Sono normale autistico non una star**
MA DÀI?! PENSAVO DI CHIEDERTI L'AUTOGRAFO. COME STAI?
**Elettrico molto positivo**
COME HAI TRASCORSO QUESTI GIORNI?
**Da attento osservatore**
**Io sono il protagonista**
FAMMI CAPIRE...
**Voglio che sia la mia storia**
ALLORA SEI SODDISFATTO DI QUELLO CHE HAI OSSERVATO?
**Messaggio di speranza**
SPERANZA...?
**Per altri ragazzi**
**Sono rapito dall'idea di comunicare con il mondo**

(20 aprile 2012, con la mamma e il papà)

CIAO ANDRE, TI DEVO CHIEDERE UNA COSA MOLTO IMPORTANTE, RIGUARDA IL FATTO ACCADUTO ORAMAI QUATTRO ANNI FA NELLA SCUOLA, QUANDO IL PRESIDE TI HA AGGREDITO. IL PROCESSO È ANDATO AVANTI E SIAMO ARRIVATI ALL'UDIENZA IN TRIBUNALE. LA DIFESA DEL PRESIDE ORA SOSTERRÀ CHE È STATO UN INTERVENTO NECESSARIO IN QUELLA SITUAZIONE. LA GIUSTIZIA È, PURTROPPO, MOLTO LENTA, E CI VORRÀ TEMPO E DIVERSI INCONTRI IN TRIBUNALE. PERÒ NOI POSSIAMO DECIDERE DI LASCIARE PERDERE O DI CONTINUARE. IO VORREI CONTINUARE, ANCHE IN NOME DI TUTTI GLI ALTRI RAGAZZI CON DISABILITÀ CHE SONO SOGGETTI A MALTRATTAMENTI. PERÒ VORREI UN TUO PARERE...

**Voglio dire che la violenza non è mai accettabile**
**Io perdono preside, lui perso controllo. Uomo con ansie e paure. Anche andrea perde controllo.**

SONO D'ACCORDO. MA ALMENO TU CHIEDI SCUSA. QUI INVECE NESSUNO SI È SCUSATO ED È STATO QUESTO CHE CI HA SPINTO A FAR VALERE I NOSTRI DIRITTI...

**Basta azione legale**
**Scriviamo al giornale, per aiutare altri ragazzi con esperienze simili alla mia**
**Ho finito opinione**

(primo maggio 2012, con la mamma e il papà)

ANDREA, CI SONO MIGLIAIA DI PERSONE CHE MI SCRIVONO, TANTISSIME RICHIESTE DI AIUTO E TANTISSIMA GENTE CHE VORREBBE PARLARE CON ME. COME POSSO FARE?
**rispondi quando papa tranquillo**
**papa nervi tesi per aspettative di persone, risposte**
**possibili a tempo indeterminato**
E ALLE PERSONE CHE SCRIVONO A TE, COSA VUOI DIRE?
**Andrea contento di ricevere tanti messaggi**
**No possibile rispondere**
**Faticoso per me**
**Scuse chiedo**
**tocco tutti**

(12 giugno 2012, con la mamma e il papà)

VORREI CHE PARLASSIMO DI QUELLO CHE È SUCCESSO L'ULTIMO GIORNO DI SCUOLA. HAI AGGREDITO IL TUO INSEGNANTE DI SOSTEGNO. HO ANCHE SENTITO CHE UN PROFESSORE, A CUI FORSE NON SEI SIMPATICO, TI AVEVA ALLONTANATO DALLA CLASSE CHIUDENDOTI LA MANO NELLA PORTA. MI RACCONTI LA TUA VERSIONE?

**Andrea voleva luci accese**
**Professore nervoso vuole luci spente**
**Ho perso controllo**
**Spinto fuori ho fatto male la mano sulla porta**
**Professore ha stereotipie di ordine come io**

E PERCHÉ TE LA SEI PRESA CON IL TUO INSEGNANTE E NON CON QUEL PROFESSORE?

**Andrea arra**
**Bbiato no vede**
**Scusa maestro**

(22 giugno 2012, con la mamma e il papà)

ANDREA, IL PROSSIMO ANNO SCOLASTICO È L'ULTIMO. QUALI SONO I TUOI OBIETTIVI?

**Trovare le compagne**
**Studiare senza disturbare**
**No crisi**
**Pittura artista fare mostra**
**Basta**
E CHE NE DICI DI:
- SCRIVERE AL COMPUTER CON TUTTI GLI INSEGNANTI E LE COMPAGNE
- AUTONOMIA NELL'USO DEI SOLDI
- STARE IN CLASSE PER TUTTO IL TEMPO DELLE LEZIONI
- PARLARE CON PIÙ CALMA E IN MODO COMPRENSIBILE
- NON TOCCARE DI CONTINUO LE PERSONE
- SCRIVERE IL PROPRIO NOME DA SOLO
- METTERE IN ORDINE LE TUE COSE

**va bene**
**No facile**
COSA VUOI IMPARARE PIÙ DI TUTTO?
**a parlare**

(26 giugno 2012, con la mamma e il papà)

CIAO ANDREA, VUOI DIRE QUALCOSA A TUTTI I GENITORI CHE HANNO UN FIGLIO CON AUTISMO CHE NON RIESCE A COMUNICARE?

**ciao genitori belli di tutti sono graditi visi sorridenti**

(2 settembre 2012, con la psicologa e il papà)

CIAO ANDREA, VORREI PARLARE CON TE DI SESSO. SEI PRONTO?
**si**
SAI COS'È LA MASTURBAZIONE?
**tocco il pisello bello piace**
VORRESTI FARE QUESTE COSE CON UNA RAGAZZA?
**Ragazza si**
MA QUANDO C'È STATA OCCASIONE NON TI SEI LASCIATO TOCCARE... SPIEGAMI...
**provo agitazione sono teso**
VUOI TROVARE UNA FIDANZATA?
**eccome si**
**dico fidanzata**
**belle carezze**
**sono forte**
**andrea stringe piano**
COME PENSI DI TROVARE UNA FIDANZATA?
**Parlare di piu**
**con papa**
**aiuta andrea con ragazza**

ANDRE, SE VUOI UNA FIDANZATA DEVI FARE QUALCOSA TU...

**andrea piace baci veri con lingua**

SÌ, MA NON PUOI BACIARE TUTTE QUELLE CHE INCONTRI PER LA STRADA, DEVI TROVARE UNA CHE TI PIACE E CONQUISTARLA, POI TI BACI CON LEI FINCHÉ VOLETE...

**Andrea conquista**

COME PENSI DI FARE?

**Domanda senza risposta**

**Ciao papà**

(22 settembre 2012, con la mamma e il papà)

ANDREA, MI HANNO DETTO CHE QUANDO VAI A SCUOLA IN BICI CONTINUI AD ATTRAVERSARE CON IL ROSSO E CORRI IN MEZZO ALLA STRADA BLOCCANDO IL TRAFFICO...

**Verità**

NON PUOI ANDARE PIÙ SE TI COMPORTI COSÌ...

**devo migliorare**

ANDRE, SI ASPETTA IL VERDE AL SEMAFORO E SI DEVE TENERE LA DESTRA SULLA STRADA. SE NON CAMBI, A SCUOLA NON CI POTRAI ANDARE DA SOLO...

**Voglio andare da solo**
**eseguo regole di strada**
E MI PUOI SPIEGARE COSA SONO QUEI GIRI CHE FAI SU TE STESSO QUANDO CAMMINI? HO VISTO CHE LI FAI ANCHE CON LA BICI...
**percorso segnato io vedo**
SPIEGAMI BENE...
**Vedo direzione andrea segue**

(14 ottobre 2012, con la mamma e il papà)

DOMENICA PROSSIMA PAPÀ ANDRÀ ALLA TRASMISSIONE "QUELLI CHE IL CALCIO". SAREBBE BELLO SE SCRIVESSI UN MESSAGGIO PER CHI VEDRÀ LA TRASMISSIONE...
**Chi ama lo sport è aperto al diverso, lontano dai pregiudizi, mi sono fatto gol volando con miei pensieri**
SPIEGHI A NOI UMANI QUESTA TUA ULTIMA FRASE?
**Ho vinto con i miei pensieri si parla di autismo. Sono felice**

(11 novembre 2012, con la mamma e il papà)

CIAO ANDREA, MI PARE SIA UN BUON PERIODO.
**Vatutto bene andrea contento bravo atleta**
ANDREA, DEVI SAPERE CHE IL LIBRO SUL NOSTRO VIAGGIO VIENE TRADOTTO ANCHE IN CINESE. LA NOSTRA STORIA STA FACENDO CONOSCERE L'AUTISMO A TUTTI…
**Io sono autistico famoso**
**Autismo è diventato popolare**
**Non fa paura**
**Abbiamo meriti noi**
**Mondo conosce andrea**

# 2013
## Vent'anni

# RESISTIAMO SE ESISTIAMO, PARLATE DI NOI GRAZIE

(12 gennaio 2013, con la mamma e il papà)

CIAO ANDRE, È TANTO CHE NON SCRIVIAMO...
**Vero**
SEI CONTENTO CHE CON I PROVENTI DEL LIBRO ABBIAMO FATTO COSTRUIRE IN COSTARICA UNA CASA PER JORGE?
**JORGE tanto**
**Contento di casa nuova**
**Festa per fortuna di aver Conosciuto**
**italiani buoni Dico vera cura per JORGE**
**E' nostra amiciz**
**Mio fratello JORGE e tuo figlio papà.**
**I soldi spesi erano tanti ma mai troppi per il nostro porta fortuna, lui persona speciale.**
COME TI SEI SENTITO DURANTE IL VIAGGIO DA JORGE?
**Tranquillo e contento per missione da fare**
E IL MOMENTO PIÙ BELLO?
**Sorriso di JORGE che corre**
**Rido e vedo gratitudin**
E IL MOMENTO PIÙ DIFFICILE?
**Morsicato papà sul braccio male**
**Saluti al ritorno Costarica mi piace**

(15 gennaio 2013, con la psicologa)

CIAO CARO ANDREA, SONO FELICE DI VEDERTI, HAI TRASCORSO GIORNI SERENI IN COSTARICA?
**Ciao amica mia dura la vita fratello jorge, sono veri momenti di gioia quelli trascorsi con lui, io gli ho donato una semplice casa lui fragili sorrisi che mi hanno fatto sentire grande uomo.**
VUOI DIRCI IL SIGNIFICATO CHE HA AVUTO PER TE AIUTARE JORGE?
**Occhi di JORGE contenti**
**Andrea dice aiuta e stai bene**

(28 gennaio 2013, con la psicologa e il papà)

ANDRE, VORREI SAPERE SE CHIEDI SEMPRE LA PIZZA CON IL TONNO PERCHÉ TI PIACE DAVVERO O SE È UNA STEREOTIPIA RIPETERE "PIZZACONTONNO"...
**Adesso, stereotipia piace e non so uscirne ho bisogno di quella.**
PROSSIMA PIZZA ORDINIAMO...
**Tonno pomodorini ben cotta con amici veri.**

(5 marzo 2013, con la mamma e il papà)

ANDRE, CI HANNO CHIAMATO DALLA PIZZERIA SOTTO CASA DICENDO CHE OGNI VOLTA CHE PASSI DAVANTI, MENTRE VAI A PITTURA, ENTRI E FAI CASINO CON LE PERSONE, TOCCHI TUTTO E TUTTI, PRENDI L'ACQUA E NON LA PAGHI.

**Con la gente vorrei stare ma entro in confusione e non controllo, non fermo le mani, io ho rubato il loro tempo chiedo scusa. Fuori si pensa io sia un ragazzo dotato non un autistico disturbato.**

ANDRE, GUARDATI ATTORNO: È PIENO DI DISTURBATI VERI!

**Uomo autistico sei anche tu franco stando con me. Grazie.**

(24 marzo 2013, con la mamma e il papà)

CIAO ANDRE, MERCOLEDÌ SIAMO ALLA TRASMISSIONE "LE INVASIONI BARBARICHE", CON DARIA BIGNARDI. VUOI DIRE QUALCOSA A DARIA?

**Ciao d'aria bella bignardi Andrea**

**contento di venire in trasmissione**
**Ti tocco la pancia**
COME TI SENTI?
**Un aquilone che vola forte e visibile se manca l aria cade**
VUOI AGGIUNGERE QUALCOSA?
**Resistiamo se esistiamo, parlate di noi grazie.**
**Fammi vedere anche nelle mie difficoltà papà io sono Contento così Andrea autistico e è Andrea bello.**
È UNA RICHIESTA CHE MI FAI?
**Facile non far vedere in trasmissione solo andrea bravo devono vedermi nel mio problema.**

(15 aprile 2013, con la mamma e il papà)

ANDREA, QUESTO È UN PERIODO PIENO DI PROVE E OSTACOLI PER TE. PRESTO DOVREMO SUPERARE ANCHE LA PROVA D'ESAME.
**Mi sento fortunato perché superando Gli ostacoli si cresce e io di diffimcolta ne ho incontrate molte.**

(30 aprile 2013, con la psicologa e il papà)

ANDREA, ALLA LUCE DEL LAVORO FATTO IN CLASSE SU "SE QUESTO È UN UOMO" DI PRIMO LEVI, È IMPORTANTE, SECONDO TE, RICORDARE QUANTO È ACCADUTO, E SE SÌ PERCHÉ?

**Ho molto da imparare dalle righe di dolore di questo grande uomo che ci ha lasciato enorme eredità.**

È VERO, CI HA LASCIATO UN'ENORME EREDITÀ, MA L'UOMO CONTINUA A FAR DEL MALE AI PROPRI FRATELLI ANCORA OGGI. SECONDO TE QUESTO DA COSA DIPENDE?

**Uomo non è**
**Animale lo diventa**
**Se subisce**
**cattiveria altrui**
**Importante dico e distribuire**
**Amore unito a fiducia nell umanità**

(7 maggio 2013, con la psicologa)

TEMA: "IN PSICOLOGIA ABBIAMO AFFRONTATO IL TEMA DELL'ADOLESCENZA. DAI UNA DEFINIZIONE DI ADOLESCENZA E DESCRIVI

QUALI SONO, SECONDO TE, GLI ASPETTI CRITICI DI QUESTA ETÀ FACENDO RIFERIMENTO ANCHE ALLA TUA ESPERIENZA PERSONALE".

**io molto adolescente mi sento, oppongo ogni regola comune con modi autistici di funzionare**

**Ribelle mai stanco in contrasto con le richieste dei grandi che non ci lasciano cambiare il**

**Mondo e pensano che tutto abbia lo stesso colore.**

**Giovane inquieto,mi ritrovo a pezzi senza saper il mio futuro, senza conoscere la normalità che rimane lontana.**

(12 giugno 2013, esame di maturità con la psicologa e l'insegnante)

CIAO ANDREA, TI HO LETTO LE PROVE D'ESAME. CE N'È UNA CHE TI PIACE?

**si quella sui cervelli**

"LA RICERCA SCOMMETTE SUI CERVELLI"?

**Si**

BENE, ALLORA SCEGLI QUESTA? OPPURE UN'ALTRA?

**Aiuto sono per**
**Arte vita**
VUOI DIRE CHE INTENDI SCEGLIERE IL COMPITO "L'ARTE IN OGNI MANIFESTAZIONE È LA PIÙ ALTA ESPRESSIONE DELLA CREATIVITÀ E DELLA FANTASIA UMANA"?
**Certo**
OTTIMO. BUON LAVORO…
**Guardare**
**Ammirare**
**Stare**
**In un opera**
**E perdersi**
**Nell**
**Uomo nella**
**Sua storia**
**Nel corpo della sua vita.**
**Uomo nasce**
**Per**
**Creare qualcosa**
**Di unico di**
**Bello per se**
**e per**
**Gli altri.**
**Tutti siamo artisti della**
**Nostra esistenza.**
**Creare e**

**Lasciare un segno che siamo stati futuro e passato si uniscono**
**Nell arte eterna.**
**Divine storie**
**Raccontate**
**Da**
**Umani**
**Capolavori aperti a**
**Tutti nessuno**
**Escluso**
**Perchè**
**L arte**
**Non conosce frontiere aperta al mondo**
**Utile a noi indispensabile alla**
**Mia**
**Persona.**
FINITO ANDREA? CONSEGNAMO COSÌ?
**Si**
COMPLIMENTI. BELLO IL CONCETTO CHE SIAMO TUTTI ARTISTI…
**Siamo diversi disegni di un'unica opera.**

(5 luglio 2013, con la mamma e il papà)

CIAO ANDREA, TI SEI DIPLOMATO, SEI SUI GIORNALI COME ESEMPIO PER TUTTI I RAGAZZI CON AUTISMO. MERITI UN REGALO, QUELLO CHE VUOI TU. A TE LA PAROLA...

**No regalo Andrea**

**Gradisce viaggio**

CI PENSEREMO PIÙ AVANTI. ADESSO DAVVERO NON TI PIACEREBBE UN REGALO?

**No,**

**Viaggi belli si**

**Desidero vedere il mondo.**

(19 agosto 2013, con la mamma e il papà)

ANDRE, TI È PIACIUTO IL CONCERTO DI LIGABUE L'ALTRA SERA A UDINE?

**Liga e papa sono uguali ,mi piace papà**

**che canta guardare con papà**

**Doppio papà sul palco e vicino a me**

**Uomini rock con Andrea n**

(18 settembre 2013, con la psicologa e il papà)

ANDRE, VORREI UN TUO PENSIERO SULLA INDIFFERENZA VERSO LA DISABILITÀ DI RAGAZZI E PERSONE ADULTE, CHE VI METTONO DA PARTE CON SGUARDI O ATTEGGIAMENTI…
**Io non credo di essere opposto a loro. Uomini tutti degni rispetto e amore troppo belli e complicati per non essere accolti. Molto vicino sono a chi mi rifiuta so che un giorno capiranno. Verità esce sempre.**
**Loro mi cercano io li aspetto uomini sono miei amici. Fine**

(24 settembre 2013, con la psicologa e il papà)

ANDRE, DA QUEST'ANNO LA SCUOLA NON CI SARÀ PIÙ. HAI FINITO. COME VEDI IL TUO FUTURO?
**Io voglio dirti il mio impegno nel Continuare a vivere al tuo fianco sicuro che non ci lasceremo in questo mio viaggio la morte non ci sconfigge ma ci lega.**
SÌ, MA QUANDO NON CI SAREMO PIÙ IO O LA

MAMMA TI DOVRAI ARRANGIARE DA SOLO. TUO FRATELLO TI POTRÀ AIUTARE MA HA LA SUA VITA. QUESTO TI SPAVENTA?
**No io vi ho dentro tu non avere paura.**
MA SE NON DIVENTERAI AUTONOMO UN PO' DI PAURA RIMANE...
**vi raggiungo presto lo so**
CONOSCI GIÀ IL FUTURO?
**Vita breve abbiamo senza di voi.**

(9 novembre 2013, con la psicologa e il papà)

CIAO ANDREA, TUTTO BENE?
**Ti vedo incazzato papà ma senza noi diventi noioso e vecchio.**
CAMBIAMO DISCORSO, CHE È MEGLIO PER OGGI! DOMANI AVRAI VENT'ANNI, LA SCUOLA NON C'È PIÙ. COSA RIEMPIRÀ QUESTO VUOTO?
**Una nuova rivoluzione dubbio se vuoi correre insieme a me o da solo?**
INSIEME! COME FAI AD AVERE QUESTI DUBBI?
**Giochi bene anche da solo non voglio esserti di peso.**
ANDRE, MI DISPIACE CHE LA PENSI COSÌ E DI AVERTI DATO QUESTA IDEA. È PROPRIO IL

CONTRARIO, CI STIAMO IMPEGNANDO PER TUTTI I RAGAZZI COME TE, TU NE SEI L'IMMAGINE. FORSE VADO TROPPO DI FRETTA, MA VORREI CHE FACESSIMO TUTTO ASSIEME...

**Peso per non avere una vita tua voglio dirti che con te si corre ma si sta benone, fiero so no di continuare a sognare accanto a te.**

(15 novembre 2013, con la mamma e il papà)

ANDRE, PUOI DIRMI PERCHÉ GIRI SEMPRE AL CONTRARIO IL PICCOLO CROCEFISSO CHE C'È IN CUCINA?

**Opposto tuo lamento di dio**
**Si lui lo capisce**

DIO CE L'AVREBBE CON ME?

**Lento bisogno di dio e il tuo, quando lo rigiri stai con lui.**

AH, MI COSTRINGI A RIGIRARLO COSÌ MI ACCORGO DI LUI?

**Si**

(29 novembre 2013, con la mamma e il papà)

CIAO ANDREA.
DOMENICA SAREMO OSPITI DI MARA VENIER A "DOMENICA IN"...
IO PARLERÒ DI COSA SI PUÒ FARE PER I TANTI RAGAZZI CHE HANNO BISOGNO DI AIUTO, SAREBBE BELLO UN TUO PENSIERO.

**noi Mara ti chiediamo umano gesto di aprire tuo salotto a chi trova porte chiuse nella vita,**
**Grazie.**

## 2014
## Ventun anni

# LOTTO, PER I MIEI DIRITTI

(26 febbraio 2014, con la psicologa e il papà)

CIAO ANDRE. IO DICO SEMPRE CHE VOI RAGAZZI AUTISTICI AVETE PIÙ BISOGNO DI AMICI CHE DI MEDICINE.
MA PER TE CHI È UN AMICO?
**Amico e accettare il disastro che sei senza pretendere di cambiare l opera che ogni uomo dentro ha.**

(11 marzo 2014, con la psicologa e il papà)

CIAO ANDRE, NELL'ULTIMO VIAGGIO ABBIAMO CONOSCIUTO UNA RAGAZZA. VORREI CHE ME NE PARLASSI...
**Uomo sono io ho tempi diversi di stare insieme**
**Ho bisogno di trovare sensibile compagna.**
TI PIACE L'AMICIZIA CON LEI?
**Promossa in stile e umanità.**
VUOI CONTINUARE A SENTIRLA?
**Mi sono affezionato a lei voglio continuare con serietà, per Scoprirla**

(15 marzo 2014, con la mamma,
il papà e Alberto)

ANDRE, CHE NE DICI DELL'IDEA DI FARE IL CAMMINO DI SANTIAGO? SONO OTTOCENTO CHILOMETRI DA FARE A PIEDI. TE LA SENTI?

**Non voglio camminare**
**Mi piace viaggio in moto**
**Andiamo in moto a Santiago**

ANDRE, NON SI PUÒ ANDARE CON LA MOTO SUL CAMMINO DI SANTIAGO. CI PENSI E NE RIPARLIAMO. ADESSO CHE SIAMO TUTTI ASSIEME, VUOI DIRCI QUALCOSA?

**Alberto caro fratello ti sgrida sempre papà**
**Tu sei forte studia con la tua testa**
**No eseguire ordini inutili**

QUALI ORDINI INUTILI?

**Tabelle su diario**

È SOLO UN METODO PER NON DIMENTICARE I COMPITI DA FARE...

**Alberto ha buona memoria**
**Dimentica perché arrabbiato per tanti ordini e doveri**
**Gioca a calcio per stare tranquillo**

GRAZIE FRATELLO! AZZECCATO IN PIENO!

(20 marzo 2014, con la mamma e il papà)

HO SENTITO DI UN RAGAZZO AUTISTICO, STA AVENDO UN PERIODO VIOLENTO, PICCHIA TUTTI, E I SUOI GENITORI HANNO PAURA PER I FRATELLI PIÙ PICCOLI. COSA VORRESTI DIRE A QUESTI GENITORI?

**Sta male per troppe richieste che**
**Lo mandano in crisi**
**Confusione senza controllo si difende con violenza**
**sente troppe aspettative e paura**
**Vuole stare tranquillo**
**No richieste**
**Chiede riposo**

ANDRE, IO CREDO CHE LUI, COME TE ANNI FA, STIA PRENDENDO COSCIENZA DEL SUO STATO E SI RIBELLI. SBAGLIO?

**Ho preso coscienza**
**A sette anni**

CHE RICORDI HAI?

**Testa piena di immagini e parole**
**Che non posso dire.**

(8 aprile 2014, con la psicologa)

CIAO ANDREA, OGGI TI VEDO DISTRATTO, C'È QUALCOSA CHE NON VA?
**Ciao. io dico buonpomeriggio, io uomodiverso.**
**Lento il mio pensiero ma io ci sono, non dico ma capisco, io sogno Come tutti voi, lotto, per i miei diritti.**

(15 aprile 2014, con la psicologa e il papà)

ANDREA, LA PREOCCUPAZIONE DI TUTTI I GENITORI È IL DOPO DI NOI, QUANDO NOI NON CI SAREMO PIÙ E VOI RIMARRETE SOLI. IO VORREI SAPERE IL TUO PENSIERO...
**Restare soli**
**Tremendo futuro per tutti noi ragazzi autistici**
**Noi desideriamo, restare, con voi felici**
**vinceremo anche la morte, moriremo insieme**
ALLORA, QUANDO MORIRÒ, VORRESTI CHE CE NE ANDASSIMO ASSIEME O VORRESTI RIMANERE QUI, PER TUTTO IL TUO TEMPO?
**Insieme dolori emozioni, e, morte.**

(29 aprile 2014, con la mamma e il papà)

CIAO ROSPO, È UN PERIODO PIENO PER ME. NON RIESCO A STARE DIETRO A TUTTE LE PERSONE CHE CI CHIEDONO AIUTO E INFORMAZIONI... DÀI, DIMMI QUALCOSA DI BUONO CHE MI TIRI SU...

**Io sicuro che hai raggiunto il limite ora vai in vacanza.**

QUESTA VOLTA VORREI ANDARCI DA SOLO. TI DISPIACE SE NON VIENI?

**vorrei, meritarmi un periodo lontano da te. Tu hai bisogno di stare da solo.**

VERO. MA CREDO CHE TUTTI ABBIAMO BISOGNO DI STARE UN PO' DA SOLI. ANCHE TU?

**Io vivo solo nel mio autismo.**

MA SE HAI LA TUA FAMIGLIA E TANTA GENTE CHE TI VUOLE CONOSCERE E ABBRACCIARE...

**Io devo dirti papà che non puoi essere dentro di me e dire cosa sento.**

HAI RAGIONE, ANDRE...

**Bisogno continuo di stare solo anche se, sto, in compagnia.**

COME QUANDO TI METTI IN UN ANGOLO? TI DEVO LASCIARE SOLO O VENIRTI A CERCARE?

**Lasciami stare, io ho diritto, di riordinare la mia testa.**

(2 giugno 2014, con la mamma e il papà)

CIAO ANDREA, TI È PIACIUTO IL FILM DI IERI SERA, "MAGIC IN THE MOONLIGHT"?

**si**

CHI È IL PROTAGONISTA?

**Un prestigiatore**

CHE PERSONALITÀ AVEVA QUESTO PERSONAGGIO?

**Il suo carattere è come papà**

SPIEGA MEGLIO...

**Vuole avere sempre ragione.**

HAI VISTO CHE TI HANNO RICONOSCIUTO AL CINEMA E CI HANNO FATTO PASSARE DAVANTI A UNA FILA LUNGHISSIMA?

**Benefici di fama**

(2 settembre 2014, con la psicologa, la mamma e il papà)

CIAO ANDRE, QUEST'ESTATE ABBIAMO FATTO IL GIRO D'ITALIA IN MOTO. ABBIAMO ATTRAVERSATO TUTTE E VENTI LE REGIONI E ABBIAMO INCONTRATO TANTE PERSONE. ABBIAMO ANCHE PROMOSSO L'INIZIATIVA "SPORCATEVI LE MANI". CHE NE DICI? TI È PIACIUTO?

**Tutto bene fiero di essere italiano ho incontrato un popolo troppo bello diverso in ogni regione unito da gentile rispetto per ragazzo autistico.**

TI RICORDI QUALCUNO IN PARTICOLARE?

**Io porto il volto di ragazzo autistico che ho incontrato ridendo con e per loro.**

MI SONO COMPORTATO BENE COME COMPAGNO DI VIAGGIO?

**Sono il tuo opposto ogni viaggio che fai con me il tuo spirito diventa più grande, Cresciamo insieme.**

E CHE ALTRO VIAGGIO VORRESTI FARE?

**Con franco in africa.**

(20 settembre 2014, con la mamma)

TI È PIACIUTO IL FILM DI IERI SERA?

**Bella ragazza bionda mi piace**

TI RIFERISCI A CAMERON DIAZ, L'ATTRICE PROTAGONISTA?

**Si tutta nuda mi piace**

CONDIVIDO. E ADESSO POSSO SAPERE PERCHÉ HAI BUTTATO LA BOTTARGA DAL FRIGO NEL CESTINO?

**Elemento nuovo intruso.**

(23 settembre 2014, con la mamma e il papà)

ANDREA, A TAVOLA PARLAVAMO DELLA LIBERTÀ. COSA NE PENSI?

**Essere libero e essere un uomo che vive piena esistenza, il pensiero senza confini, l azione senza limiti non portano libertà.**
**Uomo libero sente spazio suo sicuro stando vicino agli altri lasciando aperte porte al confronto.**

MA TU TI SENTI LIBERO?

**Libero Io sono, nel mio autismo.**

(21 ottobre 2014, con la psicologa e il papà)

CIAO ANDREA, IO IN QUESTO PERIODO MI SENTO FRASTORNATO. E TU, DAVVERO, DENTRO DI TE, COME TI SENTI?

**Triste ma vero, io non sono più brutto ma il cavaliere degli autistici. Rompo veloce le palle a tutti ma adesso va bene prima ero da farmaci e da educare se non da rinchiudere, nei muri della follia,.**

**Io oggi sono felice di chi sono e infelice di cosa vedo**
SONO FIERO DI TE, ANDRE!

(25 ottobre 2014, con la mamma)

TI PIACE STARE IN COMPAGNIA DI ROBERTA?
**Cara amica**
**Sento il tuo cuore**
**Pulsare**
**I tuoi pensieri**
**Tristi e leggeri**
**Facciamo una passeggiata Bella**
**Mi piace**
**Guidarti nel**
**Mio mondo**
**Ti fidi e ridi**

(primo novembre 2014, con la mamma)

CIAO ANDREA, OGGI MI PIACEREBBE SAPERE UN TUO DESIDERIO PER IL FUTURO...
**I viaggi nel mondo**
**Grande passione**

E POI?
**Cura per**
**Autismo**
HAI QUALCHE SUGGERIMENTO PER CURARE L'AUTISMO?
**No ma amore aiuta**

(4 novembre 2014, con la mamma e il papà)

CIAO ANDRE, PARLAMI ANCORA DEI TUOI SOGNI. NON QUELLI CHE SI FANNO DI NOTTE, QUELLI PER LA VITA.
**Ipotesi di sogno reggere situazione lavorativa difficile come mettere due palline di Gelato su un cono.**
**Vorrei anche più di ogni altra cosa imparare e vivere solo uno spazio è un campanello con scritto solo Andrea Antonello.**
BRAVO ANDRE, SE CONTINUI COSÌ MI SEMBRA FATTIBILE. HAI ALTRI SOGNI CHE VORRESTI SI REALIZZASSERO IN BREVE TEMPO?
**io sono testimone di una maLattia senza cura, io vorrei pensare soluzioni concrete per noi, raGionare su spazi di**

**lavoro con voi sani, senza buttarci in situazioni disperate dove impariamo solo a chiuderci e a morire.**

(11 novembre 2014, con la psicologa e il papà)

CIAO ANDRE, TI RACCONTO SPESSO QUELLO CHE STIAMO FACENDO CON LE ASSOCIAZIONI CHE SEGUONO I RAGAZZI COME TE. CHE NE PENSI?
**Io sono il tuo capo rubi le mie idee e le fai tue io non rido tu sei così bravo perché hai me un,, figlio autistico che ti ha insegnato tutto.**
OH, MIO GURU! CONTINUO COSÌ O DEVO CAMBIARE?
**bravo sei, franco serve tempo per fare buone cose tu strada grande hai aperto.**
VA BENE. STASERA SIAMO ALLA CENA UFFICIALE DEI "BAMBINI DELLE FATE", VUOI DIRE QUALCOSA ALLE PERSONE CHE LAVORANO CON NOI?
**Ruto libero, ragazzi siamo grandi sono fiero di voi.**

(14 novembre 2014, con la psicologa, la mamma e il papà)

CIAO ANDREA, COSA ABBIAMO FATTO QUESTA MATTINA IO, TE E EMANUELE?

**Siamo stati insieme per tecnica Aba.**

TI ABBIAMO LASCIATO NEL BAR, DICENDOTI DI NON BERE L'ACQUA. COSA HAI PENSATO?

**Gesto inconsapevole,io non pensavo.**

VOLEVI BERE?

**Tanto.**

E PERCHÉ NON HAI BEVUTO?

**Io non potevo,tu lo sai.**

PER QUESTO GUARDAVI SEMPRE FUORI DALLA FINESTRA?

**No io guardavo dentro me stesso.**

E COSA VEDEVI?

**Come dovevo comportarmi.**

VOLEVI COMPORTARTI BENE E NON BERE PERCHÉ TE L'HA DETTO EMANUELE O PERCHÉ VOLEVI LA BRIOCHE?

**Lo sai che sei furbo amico mio.**

È UNA DOMANDA O UNA AFFERMAZIONE?

**Io dico che lo sei.**

VOGLIO SOLO SAPERE: HAI CAPITO PERCHÉ EMANUELE NON VOLEVA CHE TU BEVESSI AL BAR?

**Io dico di sì lui tenta il mio miglioramento**
L'ABA È UNA FATICA O UN MIGLIORAMENTO?
**Fatica,mi fa bene.**

*ABA (Applied Behavior Analysis: analisi applicata del comportamento). È la scienza che studia i comportamenti di un soggetto.*

*Usando alcuni principi (rinforzo/premi/sanzioni) e modificando l'ambiente circostante è possibile insegnare, o far disimparare, un comportamento specifico di natura sociale, motoria, cognitiva, domestica, d'igiene etc.*

*L'ABA è ad oggi la terapia più conosciuta ed efficace per lavorare con i ragazzi con autismo e migliorare i loro comportamenti sociali. Il metodo ABA è nato a Los Angeles negli anni Settanta ed è applicato in Italia da circa vent'anni.*

*Emanuele è il tutor di Andrea.*

(18 novembre 2014, con la mamma e il papà)

GIOVEDÌ COMPI VENTUN ANNI...
**tutto gira con un senso se tu lo vuoi, io ho rotto il mio muro autistico e una**

guerra personale, io mi gioco voglio.
Costruirmi un futuro difficile e pieno.
Voto di vivere altri cento anni.

2015

Ventidue anni

# IO STO BENE ROMPO MENO

(20 marzo 2015, con la psicologa
e altri ragazzi autistici
che usano la Comunicazione facilitata)

CHE MERAVIGLIA AVERVI QUI TUTTI ASSIEME!

MARTA: **Si ciao ragazzi sono felice di stare con voi.**

LUCA: **Complimento di gioia per me stare insieme sono contento.**

ANDREA: **Felice.**
**Sono**
**Impegnato**

MARTA: **Si con la fondazione come va voglio sapere il tuo pensiero.**

ANDREA: **Io penso bene**

LUCA: **noi vogliamo dirti che tifiamo per te.**

MARTA: **Si voglio aiutarti luca e dico a andrea che suo esempio aiuta tanti autistici che non conoscono la vita.**

HAI RAGIONE MARTA...

MARTA: **Si sono chiusi in loro diversita**

ANDREA: **Ho voluto**
**Dare**
**Esempio**

ESEMPIO...

ANDREA: **Di**
**Autismo**
**Divertente**

BELLO!
LUCA: **come vanno tutti tuoi studi marta**
MARTA: **Si bomba non sono ma me la cavo.**
HAI FATTO BUONI ESAMI...
MARTA: **Si lo so ma lenta sono.**
ANDREA: **Tu luca cosa stai facendo**
LUCA: **Ci provo a lavorare.**
MARTA, COSA NE PENSI DI QUELLO CHE DICE LUCA?
MARTA: **Si a me sembra gia perfetto manca una tosa.**
MANCA UNA TOSA?
MARTA: **Si aiutiamolo a fidanzarsi.**
CHE OBIETTIVO IMPORTANTE! ANDREA...
ANDREA: **Brava marta giusto quello che dici.**
LUCA, I TUOI AMICI TI VOGLIONO IN COPPIA...
LUCA: **Cerco moglie disperatamente.**
È IL TITOLO DI UN FILM...
LUCA: **Durissima per noi.**
INTENDI RAGGIUNGERE QUESTO OBIETTIVO?
ANDREA: **Yes.**

(24 marzo 2015, con la mamma e il papà)

CIAO ANDREA, OGGI TI LASCIO LA PAROLA
**io ti chiedo un tuo sogno.**

VUOI SAPERE UN MIO SOGNO? O VUOI CHIEDERMI QUALCOSA?
**Un tuo desiderio.**
A PATTO DI SAPERNE UNO TUO...
**Si ci sto.**
ALLORA TE NE DICO DUE:
- LA TUA AUTONOMIA
- FARE IL CAMMINO DI SANTIAGO CON TE.
IL TUO???
**Devi sognare anche senza me.**

(21 aprile 2015, con la mamma e il papà)

ANDREA, COSA VORRESTI PER QUEI RAGAZZI PIÙ GRAVI CHE NON RIESCONO A COMUNICARE NULLA...
**Vorrei un miracolo.**
**Volere bene a loro con la presenza costante e abbracci.**
**Continuiamo a lottare.**
PER COSA LOTTIAMO?
**Per dare dignità.**

(28 aprile 2015, con la psicologa e il papà)

COME VA QUESTO PERIODO?
**Io sto bene rompo meno di un tempo e so pormi meglio con gli altri.**
TI COSTA FATICA STARE TANTO TRANQUILLO?
**utile diventa la mia tranquillità rimane dura ma sono un esempio per tanti.**
**Io rumore faccio riesco a far unire due mondi lontani il vostro e il mio di diverso, di questo sono felice. sei stanco papà dobbiamo continuare a fare casino.**
DAVVERO TI SEMBRO STANCO?
**Mi stai dedicando la vita, adesso pensa ad Alberto.**

(21 maggio 2015, con la psicologa e la mamma)

CIAO CARO ANDREA, FELICE DI INCONTRARTI, COME STAI?
**Tilt Alberto.**
HAI ASCOLTATO IL NOSTRO DISCORSO...
**essere sensibil.e mio fratello diventa rigido se capito male.**

COSA INTENDI CON "SE CAPITO MALE"?
**Male appare forte bullo sembra ma io so bene che lui soffre dentro.**

(23 giugno 2015, con la psicologa e il papà)

CIAO ANDRE, MI FANNO NOTARE CHE QUANDO SEI CON GLI ALTRI SEI CALMO E CHE HAI "PAURA" QUANDO SEI CON ME. È VERO?
**Paura di deluderti con miei diversi problemi ma io con te sto bene fratello.**
MI CHIAMI FRATELLO ADESSO?
**Nome franco molto freddo.**
VA BENE FRATELLO, COME VUOI TU. VEDO CHE IN QUESTO PERIODO IL LAVORO CON EMANUELE CON IL METODO ABA È PARTICOLARMENTE DURO. MI DICI COME TI TROVI?
**Lotta devo fare con Aba.**
**Mai facile per me stare con orso Emanuele ma so che mi aiuta a migliorarmi sono disposto a lottare con lui.**

(17 agosto 2015, con la mamma e il papà)

CIAO ANDREA, HAI QUALCOSA DA DIRE A TUO FRATELLO?

**Caro fratello impegnati e staremo**
**Insieme**
**Ti voglio ben**
**Grande impegno e fatica portano a grande soddisfazioni**
**ne hai bisogno**
**Ascolta mio consiglio**
**Di autistico**
**Esprimi i tuoi pensieri e difficoltà**
**Tu lo puoi fare**
**Sono agitato**
**Per nervi di papà triste.**
**Vorrei un giro in moto**
**Il vento aiuta i pensieri tristi a volare via.**

(31 agosto 2015, con la mamma)

CIAO ANDREA, PERCHÉ MERCOLEDÌ HAI CORSO SULLA SPIAGGIA DI JESOLO PER DIECI CHILOMETRI SENZA FERMARTI?

**Bisogno di fare un giro da solo fino in fondo.**
DOVE PENSAVI DI ARRIVARE?
**Sono scappato.**
**Corsa veloce sulla sabbia ho fatto gran divertimento i saluti di tutti**
SAI CHE HAI CREATO SCCMPIGLIO PERCHÉ TI CERCAVO E MI SONO FATTA AIUTARE DAI BAGNINI CHE TI HANNO INDIVIDUATO DOPO UN'ORA? HO PERFINO CHIAMATO I CARABINIERI.
**Scusa mamma di mia incontrollabile energia**
QUANDO SONO ARRIVATA A RECUPERARTI ERI SOTTO UN OMBRELLONE SULLA SDRAIO CHE MANGIAVI E BEVEVI BELLO TRANQUILLO…
**Benefici di essere famoso.**

(21 settembre 2015, con la mamma)

CIAO ANDREA, COME VA OGGI?
**Essere umano sono stanco di ripetere solite domande ho necessità di altro.**
**Aiuto giusto ma ripetere mi annoio.**

(13 ottobre 2015, con la psicologa e il papà)

ANDRE, ABBIAMO BISOGNO DI SAPERE DA TE PERCHÉ SVUOTI E BEVI LE BOTTIGLIE DI ACQUA GASSATA, ANCHE SE CE NE SONO DIECI IN TAVOLA, A VOLTE FINO A VOMITARE, E NON RIESCI A BERE SOLO QUELLO CHE TI SERVE...
**Io sento che devo farlo per stare tranquillo.**
**Resto con il pensiero se lascio acqua sul tavolo.tento ma è come la sigaretta per il fumatore.**
E RIGUARDO AI TUOI VESTITI CHE AMMUCCHI SULL'ARMADIO?
**Bisogno sento quando non so cosa fare.**
E PERCHÉ PRENDI TUTTE LE MIE MUTANDE DAL MIO CASSETTO E LE METTI ASSIEME ALLE TUE?
**rubo tua roba utile per tua attenzione.**

(24 novembre 2015, con la psicologa e il papà)

CIAO ANDREA, VOLEVO SAPERE UNA COSA DA TE: IN VENTIDUE ANNI TI HO VISTO PIANGERE UNA SOLA VOLTA. NON PIANGI?
**Urti mio essere.**

È UNA COSA PRIVATA TUA E NON NE VUOI PARLARE?
**Esatto.**

(27 novembre 2015, con la mamma e il papà)

IERI CONTINUAVI A RIPETERE "LA COLA DELLA SPESA" E NON RIUSCIVAMO A CAPIRE, POI ABBIAMO SCOPERTO CHE VOLEVI I COLORI PER DIPINGERE CHE ERANO AL SUPERMERCATO… COME MAI NON RIUSCIVI A ESPRIMERE UNA COSA COSÌ?
**Solito doloroso problema quando voglio tanto una cosa mi blocco con parole simili.**
COSA TI STA AIUTANDO DI PIÙ PER RISOLVERE QUESTA COSA: L'ABA, IO CHE INSISTO, SCRIVERE AL COMPUTER, ALTRO…
**tutto mi serve io non miglioro da solo.**

2016
Ventitré anni

# SONO VELOCE COME IL VENTO

(9 febbraio 2016, con la mamma)

CIAO ANDREA, QUAL È IL TUO MODO PREFERITO PER COMUNICARE?

**Comunicazione telepatica preferisco.**

PERCHÉ?

**Difficile dire parole che penso.**

MA LE ALTRE PERSONE CAPISCONO QUELLO CHE GLI COMUNICHI TELEPATICAMENTE?

**Si.**

CAPISCONO PROPRIO TUTTI?

**Anime empatiche sono tante.**
**Gli occhi parlano i gesti parlano**
**La voce esprime pensieri ma può dire bugie**
**Parole con cuore comunicazione sincera comunicazione bella.**

E QUANDO TOCCHI LE PERSONE, COSA COMUNICHI?

**Disponibilità per amicizia**
**Le persone sono belle.**

(12 febbraio 2016, con la mamma e il papà)

HAI PARLATO DELLE BUGIE, ANDREA. VUOI DIRCI QUALCOS'ALTRO?

**Si dicono per mostrarsi migliori.**
**Bambini dicono bugie imparando dai genitori.**
**Bugie utili e belle fare i complimenti alle persone.**
**Bugie Brutte Sono di fregare amici e persone per propri interessi.**
**Non raccontate bugie brutte.**

(2 marzo 2016, con la mamma)

PAPÀ DICE CHE QUANDO DORMI DA LUI TI ALZI DI NOTTE. COME MAI?
**Mi sveglio.**
**Mi siedo sul divano e dormo.**
TI SVEGLI PERCHÉ SENTI IL RUMORE DEL TERMOSIFONE?
**No.**
**Sto rilassato.**
**Guardò fuori.**
**Il salotto è angolo che preferisco.**

(15 marzo 2016, con la psicologa)

ANDREA, COME DEFINIRESTI L'AMORE?
**torno subito.**
MA TU SEI INNAMORATO?
**io sono innamorato della mia storia.**
SEI SODDISFATTO DELLA TUA VITA?
**suo senso ce l ha.**

(25 aprile 2016, con la mamma)

PERCHÉ TI PIACE COSÌ TANTO LA MONTAGNA?
**Salita mette muscoli al lavoro.**
**Alberi amici mi guardano**
**Sono veloce come il vento.**

(27 aprile 2016, con la mamma)

ANDREA, TI SEMBRA DI AVERMI AIUTATO TANTO?
**Porto borse della spesa.**
**Usi mia forza per spostare pesi.**
**Come Hercule sono.**
**Scusa mamma se mio autismo ha creato disordine.**

**Difficile per me adeguarmi ai vostri rituali.**
**Lavoro ogni giorno per migliorabelli.**

(10 maggio 2016, con la psicologa,
la mamma e il papà)

CIAO ANDRE, SIAMO STATI A RAGUSA PER IL NOSTRO PRIMO PROGETTO SICILIANO. COSA MI DICI DI QUESTA ESPERIENZA?
**Aiutare gli altri a sentirsi meno soli e nostro compito papà.**
**Grazie a te.**
**Ero entusiasta del futuro del progetto saranno tante ancora le case come questa che finanzieremo.**
ABBIAMO INCONTRATO UNA MAMMA CON UN BAMBINO AUTISTICO DI SEI ANNI. VUOI SCRIVERE UN SALUTO CHE GLIELO MANDIAMO?
**Ciao piccolo amico**
**Noi impariamo Con il tempo le regole degli umani. Rompiamo equilibri.**
**Nostra fortuna amore dei familiari.**
**Respira lentamente**

(30 maggio 2016, con la mamma e il papà)

SECONDO TE, I RAGAZZI AUTISTICI SONO CONSAPEVOLI DI SÉ?
**Pensare che noi autistici consapevoli non siamo e una storia che senso non ha.**
**Mente nostra funziona anche senza parolyu.**

(9 novembre 2016, con la psicologa e il papà)

FACCIAMO ANCORA MOLTA FATICA NOI DUE A SCRIVERE. MI DICI PERCHÉ?
**Il ragionamento lontano dalla realtà.**
SPIEGAMI MEGLIO…
**mi guidi io scrivo.**
**Sento ma scelgo io.**
COSA DEVO FARE PERCHÉ TU TI SENTA TRANQUILLO?
**Lotto contro mie emozioni da sempre.**
SÌ, MA IO COSA POSSO FARE?
**Niente.**
**Devo crescere da solo.**

(13 novembre 2016, con la mamma e il papà)

ANDREA, QUESTA SERA PAPÀ TI PORTA A TREVISO PER UN APERITIVO. TI VA?
**Si. Pronto a uscire con papà.**
**Uomini della notte siamo.**

(20 novembre 2016, con la mamma)

CIAO ANDREA, COME TI SENTI OGGI CHE COMPI VENTITRÉ ANNI?
**Uomo maturo felice.**

2017
Ventiquattro anni

# RITI MASCHILI MI MANCANO

(14 febbraio 2017, con la psicologa e l'insegnante)

CIAO ANDREA, OGGI PARLIAMO DI SCUOLA...
**Scuola mi manca.**
COSA PENSI DELL'AMBIENTE SCUOLA PER UN RAGAZZO O UNA RAGAZZA CON DISABILITÀ?
**Difficile accettare il diverso che rallenta le lezioni.**
**Può fare paura per comportamenti atipici.**
PARLI DI INSEGNANTI O DI COMPAGNI?
**Pochi insegnanti accettano con naturalezza alunno disabile.**
**Abbiamo bisogno di compagni vicini per crescere insieme.**
**Gli insegnanti devono aiutare la classe a capire questo.**
**Fiducia.**
**Grazie.**

(27 febbraio 2017, con la mamma e il papà)

CIAO ANDREA, SI PARLA MOLTO IN QUESTO PERIODO DI BULLISMO NELLE SCUOLE. MA TI HANNO MAI PRESO IN GIRO?
**Si**

COSA PROVAVI IN QUEI MOMENTI?

**Vedevo compagni giocare**
**Mia incapacità di esprimere pensieri provocava tensione dentro mia testa in confusione.**
**Agitato.**
**Cuore batte forte.**
**Ricordo isolamento.**
**Tanti compagni ho avuto vicino con aiut**
**Grazie.**

E ADESSO È DIVERSO?

**Adesso sono consapevole di me.**
**Sento che le persone mi cercano e mi vogliono bene**

COSA DIRESTI DEL BULLO CHE HA FATTO VIOLENZA VERSO UN COMPAGNO?

**Il bullo ha paura e non corag**

(29 ottobre 2017, con la psicologa e il papà)

CIAO ANDRE, CI SONO DUE AMICHE CHE TI VENGONO A TROVARE. VUOI DIRE QUALCOSA SU DI LORO? SULLA ROBERTA...

**Ti dico Roby gioia per me.**
**Io e lei silenzioso rapporto abbiamo.**



Il bullo ha paura e non corag

**Suono per me sono i suoi brevi sorrisi.**
**Io dividerei il mio tempo sempre con lei.**
**Sono felice se continua a stare nella mia vita.**

E DELLA FRANCESCA?

**Io voglio dirvi che lei totale opposto Roberta appare.**
**Lei turbo se io le do corda.**

TI PIACE STARE CON LA FRANCESCA?

**Certo lei è nero e Roby bianco.**
**Sono speciali tutte e due insieme.**

HAI AMICI MASCHI?

**Amici di papà quando usciamo sono miei amici.**

TI MANCA NON AVERE UN AMICO MASCHIO?

**Un amico maschio non ho.**
**Riti maschili mi mancano io vorrei avere un maschio pazzo e divertente.**

VUOI DIRE QUALCOSA AI RAGAZZI PERCHÉ DIVENTINO PIÙ VOSTRI AMICI?

**I Nostri comportamenti possono fare paura. State tranquilli imparare piano a conoscerci. Impareremo tutti cose nuove.**

(14 novembre 2017, con la psicologa e il papà)

CIAO ANDRE, VOLEVO CHIEDERTI SE QUANDO DORMIAMO ASSIEME NELLA STESSA STANZA SENTI CHE RUSSO.

**Ho sopportato di peggio ma russi con classe. Non lo fai sempre.**

QUANDO SUCCEDE TU DORMI LO STESSO O TI DÀ FASTIDIO?

**Tanto mi sveglio lo stesso non è un problema.**

TI SVEGLI TANTE VOLTE DI NOTTE?

**Sono spesso sveglio.**

PER RUMORI CHE SENTI O PER ALTRO...

**colgo soprattutto rumori che voi non sentite sono fatto così.**

**Sento troppo.**

SENTI ANCHE IL TICCHETTIO DEL TERMOSIFONE IN CAMERA?

**Tutto.**

IN QUALE LETTO DORMI MEGLIO?

**il mio papà.**

PERCHÉ NON VUOI PIÙ DORMIRE CON ME? È PERCHÉ RUSSO O ALTRO?

**Sto meglio solo buonanotte.**

(17 dicembre 2017, con la mamma e il papà)

ANDRE, MI DICI UN TUO DESIDERIO?
**Africa**
UN ALTRO…
**amico**

## 2018
## Venticinque anni

# ROMPO LA COPPIA VOLO DA SOLO

(26 febbraio 2018, con la psicologa e il papà)

CIAO ANDRE, COSA DICI DI TUTTI GLI IMPEGNI CHE ABBIAMO?

**Io santo con te reagirò prima o poi sta attento sei uomo morto.**

MESSAGGIO RECEPITO. C'È QUALCOSA CHE NON VA?

**Secondo voi io sto migliorando o sono ancora troppo autistico io vedo poco.**
**Mio comportamento migliora poco.**
**Tanta fatica per tanto lavoro.**
**Rabbia ho mi sento ancora con troppa strada da fare.**

I MIGLIORAMENTI SONO STATI TANTISSIMI, ANDRE. TI RICORDI CINQUE O SEI ANNI FA? CERTO, DOBBIAMO ANCORA LAVORARE SUL PARLARE BENE, SUL FARE LE COSE DA SOLO E DIVENTARE PIÙ AUTONOMO. NON SI MOLLA E SI MIGLIORA OGNI GIORNO…

**Emozione per me sapere che le mie parole sono nei cuori della gente. Passione ci metto a riordinare miei pensieri volontà ferma mia trasmettere il messaggio coraggioso che la vita ha senso se si corre a rovescio. Fine.**

(primo marzo 2018, con la mamma e il papà)

DOMANI A MILANO PER DUE GIORNI, VUOI VENIRE?
**subito.**
ANDIAMO DOMANI.
C'È QUALCOSA CHE VUOI FARE A MILANO OLTRE AL LAVORO CHE CI ASPETTA?
**Curioso di sapere nostri impegni.**
UNA VISITA A UN CLIENTE A BRESCIA, CENE CON GLI AMICI MILANESI, ASSOCIAZIONE DI NOVARA, MARCOS Y MARCOS, E ALTRI DUE APPUNTAMENTI NEL POMERIGGIO. TI BASTA?
**Ho sentito che non ci si annoia.**
SEMPRE DI CORSA. MI AIUTERAI?
**Si io ci metto la faccia.**

(20 marzo 2018, con la psicologa e il papà)

CIAO ANDREA, STO PARTENDO DA SOLO PER UN VIAGGIO DI DIECI GIORNI. VUOI DIRMI QUALCOSA?
**io sono felice.io voglio saperti contento so che puoi fidarti di noi.**
HO SOLO PAURA CHE NELLE TUE GIORNATE CI SIANO TROPPI VUOTI, COSÌ TI ANNOI E STAI

MALE. SEI SODDISFATTO DI COME PASSI LE GIORNATE?

**noia non sento ho bisogno di trovare momenti,per mettere ordine al mio autismo ,vorrei un amico.**

OK, MESSAGGIO RICEVUTO. PERÒ, ANDRE, NON È CHE STAI GIOCANDO TROPPO CON IL TELEFONO?

**Io non so stare davvero senza.**

VUOI CHE TI PORTO QUALCOSA DAL VIAGGIO?

**Si torna con sorriso.**

OK. STASERA ARRIVA MELODY, QUALCOSA DA DIRE?

**Restò solo con lei.**

VUOI CHE ESCO PROPRIO DI CASA O POSSO STARE IN SOGGIORNO?

**Esci.**

(17 aprile 2018, con la psicologa e il papà)

CIAO ANDREA, MI DICI QUALCOSA SUL NOSTRO VIAGGIO IN PUGLIA?

**Divi siamo in giro per Italia so diventa impegnativo ma a me piace tanto portare sogni speranza e sorrisi.**

PERÒ, PROSSIMAMENTE, NELLE MARCHE CI ANDRAI SENZA DI ME. TI ACCOMPAGNANO LA MAMMA E EMANUELE. SEI CONTENTO DI PROVARE SENZA PAPÀ?
**Non so se tu sei indispensabile.**
**Io ci provo rompo la coppia volo da solo.**

(15 maggio 2018, con la psicologa)

CIAO ANDRE, È BELLO VEDERTI. COME VA?
**Ho pensieri per papà.**
VUOI PARLARNE?
**muto non sto.**
RACCONTAMI...
**Lui si trascura tanto-**
FAMMI CAPIRE...
**Io so vita sua non è sul divano ma deve stare tranquillo.**
STA ATTRAVERSANDO UN MOMENTO DIFFICILE?
**Finito in ospedale.**
PAPÀ?
**Si per mal di pancia-**
MI DISPIACE...
**Lui si arrabbia e poi la sua pancia brontola e fa male.**

PROVA A CONSIGLIARE TU A PAPÀ DI STARE PIÙ TRANQUILLO...
**Lontano dai problemi del mondo per questo pensavo al viaggio io e lui.**
CAPISCO...
**Deve rallentare se vuole vivere.**

(3 giugno 2018, con la psicologa e il papà)

ANDREA, HAI QUALCHE RIFLESSIONE SUL PROGETTO AUTONOMIA CHE COMINCERAI A OTTOBRE?
**Niente.**
TUTTO OK?
**Paura ho ma va superato.**
QUALCHE SUGGERIMENTO?
**Datemi tempo.**
SPIEGAMI...
**Utile fare con calma.**
NON SARÀ UNA RIVOLUZIONE. TUTTO PARTIRÀ UN POCO ALLA VOLTA. TE NE HA PARLATO ANCHE EMANUELE...
**molte idee faremo insieme. Io voglio imparare a vivere da solo**

(5 giugno 2018, con la psicologa e il papà)

CIAO ANDREA, VENERDÌ MI SONO ARRABBIATO ANCHE SE TI STAVI COMPORTANDO BENE. MA ERO TESO E ME LA SONO PRESA CON TE. SCUSA...

**Rompi balle sei.**

DAMMI UN SUGGERIMENTO PER QUANDO MI ARRABBIO...

**tollerante io sono ma impara a capire che devi pensare un minuto prima di agire.**

OK, GRAZIE DEL CONSIGLIO. CHE NE DICI DI FARE DUE MESI INTENSI PER LAVORARE SULLA TUA AUTONOMIA NEL PARLARE?

**Rimango di sasso volete farmi fuori. Tutto bene io accetto la sfida.**

DOBBIAMO ANDARE A MILANO, PER PARLARE DEL FILM CHE GIRERANNO SULLA NOSTRA STORIA. VUOI CHIEDERE QUALCOSA A RIGUARDO?

**Io voglio rendermi utile far conoscere anche la mia parte più brutta il vero Andrea.**

VUOI CHE DICA QUALCOSA DA PARTE TUA AL REGISTA E AGLI ATTORI?

**Devono vivere con me per recitare bene.**

(3 agosto 2018, con la mamma)

QUESTA MATTINA HAI VISITATO L'APPARTAMENTO DOVE POTRESTI VIVERE DA SETTEMBRE PER QUALCHE MESE, PER IL PROGETTO AUTONOMIA. COME TI È SEMBRATO?

**Mi piace.**

ALLORA QUELLO POTREBBE ANDARE BENE?

**Si. Borgo Treviso.**

*Il progetto autonomia si propone di portare Andrea a vivere da solo e prevede tre fasi successive: prima l'uscita dalla famiglia e un periodo in una casa assistito a turno da accompagnatori, poi in quella stessa casa da solo, infine in una casa nuova, vicino all'appartamento del papà.*

(4 settembre 2018, con la psicologa e la mamma)

CIAO ANDREA, COME VA NELLA TUA NUOVA CASA?

**Ti invito per un te.**

VOLENTIERI. È DIFFICILE NON VEDERE I TUOI GENITORI TANTO SPESSO COME PRIMA?

**Triste malinconico ma giusto.**
C'È QUALCOSA CHE TI PREOCCUPA?
**La notte.**
COME MAI?
**Nuovo ambiente.**
È NORMALE. UN PASSO PER VOLTA. VUOI CHIEDERE QUALCOSA?
**Basta partire poi vi dirò.**
ANDREA, DOBBIAMO DIRTI CHE NEL TUO APPARTAMENTO CI SONO LE TELECAMERE, COSÌ IN QUESTO PERIODO CHE STAI DA SOLO POSSIAMO DARE UN'OCCHIATA SE TUTTO VA BENE.
È UN PROBLEMA PER TE?
**Rompono ma facile capire anche vostro bisogno di sapere.**

(18 settembre 2018, con la psicologa e il papà)

CIAO ANDREA.
È GIÀ UNA SETTIMANA CHE VIVI SENZA NOI GENITORI, ASSIEME A MIRCO, ROBERTO E ELISA CHE SI ALTERNANO CON TE. COSA NE PENSI DI QUESTA ESPERIENZA?
**Organizzato meglio mi sento più sicuro meno agitato.**

NON CI SONO PROBLEMI ALLORA?

**troppo presto per dire.**

C'È QUALCOSA CHE TI STA PIACENDO?

**indipendenza.**

VUOI RACCONTARCI ALTRO?

**Io fatico per migliorarmi.**
**Tutto una sfida dura.**
**Voglio vincerla papa ,ti ringrazio perche tuo esempio seguo.**

CON I RAGAZZI CHE TI AFFIANCANO COME VA?

**Ci stiamo conoscendo.**
**Io vorrei che i ragazzi parlassero di più di loro vorrei sapere la loro storia mimanca il dialogo.**

(24 settembre 2018, con la mamma e il papà)

CIAO ANDREA, TI VEDIAMO AGITATO. QUALCOSA NON VA?

**Tante aspettative difficile.gestire.**
**Sono stanco.**
**Ogni giorno miglioro.**
**Fatica.**
**Facilitato sono con voi.**

CON ME E PAPÀ?

**Si.**

TI SENTI TRISTE?
**Ho la luna piena.**

(primo ottobre 2018, con la mamma e il papà)

ANDREA, VUOI ANCORA MELODY?
**sì**

(3 ottobre 2018, con la mamma)

ANDREA, TRA POCO PARTIRAI IN MOTO CON IL PAPÀ. STARETE IN VIAGGIO UN MESE INTERO. GIRERANNO UN DOCUMENTARIO CHE SI COLLEGHERÀ AL FILM DI GABRIELE SALVATORES. TI SENTI PRONTO?
**Sono contento di partire.**
**Emozione unica ispirare film.**
**Vacanze da troppe richieste.**
**Sono bravo e miglioro ogni giorno.**
**Io e papà viaggiatori pazzi.**
**Curiosi.**
**Stanchezza non sentiamo.**
**Nuove terre ci aspettano.**
**Cara mamma bella**

**Sento il tuo amore**
**Camminiamo insieme in montagna**
**Alberto fratello vorrei con noi**
**Antonelli in viaggio.**

(12 novembre 2018, con la psicologa e il papà)

ANDRE, QUANDO STAVI CON ME IN MOTO, SOTTO LA PIOGGIA, COSA PENSAVI?

**Dico voglio farcela.**

E NON HAI AVUTO PAURA DELLA BUFERA, DELLE SLAVINE E QUANDO SIAMO RIMASTI BLOCCATI PER DIECI ORE SOTTO IL DILUVIO A ZERO GRADI?

**Impotenza paura per voi.**
**No io non ho paura.**

GUARDA CHE C'È GENTE CHE HA PERSO LA VITA IN CONDIZIONI SIMILI…

**Non ho paura morte.**

E QUANDO NON ARRIVAVA PIÙ IL TRAGHETTO, COSA HAI PENSATO?

**sono abituato al peggio sono autistico.**

COSA VUOI DIRE? GLI AUTISTICI SONO ABITUATI AL PEGGIO?

**a sopravvivere e accontentarsi vediamo il bello prima di voi.**

(14 novembre 2018, con la mamma)

CIAO ANDREA, IERI HAI DORMITO PER LA PRIMA VOLTA A CASA DA SOLO SENZA I RAGAZZI O EMANUELE. COME TI SEI SENTITO?

**Emozionato.**
**Nuovi traguardi nuove autonomie.**
**Mente sveglia.**

VUOI DIRE CHE NON HAI DORMITO?

**Sveglio sono stato.**

AVEVI PAURA?

**No paura.**
**Voglio migliorare. Difficile cambiare le abitudini.**

ALLORA TI VA BENE SE QUALCHE VOLTA RIMANI A DORMIRE DA SOLO?

**Si**

COSÌ, UN PO' ALLA VOLTA, POTRAI DIVENTARE PIÙ AUTONOMO. OK?

**Si.**
**Grazie di fiducia**

(20 novembre 2018, con la mamma)

BUON COMPLEANNO, FIGLIO. VUOI DIRCI QUALCOSA?

**Sono contento.**
C' È UN MOTIVO IN PARTICOLARE?
**Autonomia progetto importante.**

(4 dicembre 2018, con la mamma e il papà)

CIAO ANDREA, COME PROSEGUE NELLA CASA DA SOLO?
**utile Emanuele nella mia vita.**
**Rompe tanto ma,decisivo suo contributo lui sa usare con me bastone e molta carota. Ringrazio lui perche tanto mi ha dato ,io dico continuiamo insieme.**
ULTIMI DIECI GIORNI IN QUESTO APPARTAMENTO. TI DISPIACE LASCIARLO?
**Direi che mi stavo ambientando.**
DEI RAGAZZI CHE SONO STATI CON TE IN QUESTO PERIODO, CHI TI PIACEREBBE CHE CONTINUASSE L' ESPERIENZA?
**dura cambiarli. Rimangono perché inizio ora amichevoli confronti.**

## 2019
## Ventisei anni

# HO TROVATO AUTONOMIA CHE CERCAVO

(5 febbraio 2019, con la mamma e il papà)

CIAO ANDREA. IERI SERA PRIMA NOTTE NEL TUO NUOVO APPARTAMENTO, TUTTO DA SOLO. COME È INIZIATA QUESTA NUOVA AVVENTURA DI AUTONOMIA?

**Sto imparando a trovare equilibrio tanti no ma anche passi in avanti.**

SEI CONTENTO DI QUESTA ESPERIENZA O VORRESTI TORNARE CON LA MAMMA O IL PAPÀ?

**Dura ma non mollo voglio crescere.**

STASERA ARRIVANO LE TUE AMICHE. VUOI MANGIARE LA PIZZA CON LORO O A CASA CON ME E ALBERTO?

**Solo con amiche.**

OFFRI TU O FATE ALLA ROMANA?

**cavaliere**

VUOI ANDARE VICINO A CASA O PREFERISCI QUALCHE ALTRA PIZZERIA?

**auto no scelgo rito di domandare alle donne.**

BRAVO ANDRE, COSÌ SI FA! TI SERVE QUALCOSA PER STASERA O TUTTO OK?

**auto vorrei ma non posso basta.**

PER PAGARE STASERA AVRAI UNA CARTA CON UN CODICE. DEVI IMPARARLO PER BENE. OK?

**Muoio dalla voglia di stare con amiche.**

(19 febbraio 2019, con la mamma)

CIAO ANDREA, L'INTERVENTO CHE HAI SUBÌTO
È DELICATO. COME TI SENTI?
**Sono stato eroe.**
**Tanto male sentito.**
ADESSO COME STAI? DOLORI?
**Dolore va meglio...**
**Abituato sentire fastidio.**

*Nel febbraio 2019 Andrea ha subìto un intervento per ciste pilonidale.*

(22 febbraio 2019, con la mamma e Alberto)

TI VEDO MOLTO NERVOSO. COSA È SUCCESSO?
**Mio fratello arrabbiato causa mia.**
CREDI CHE ALBERTO SIA ARRABBIATO CON TE
PER QUALE MOTIVO?
**Fratello impossibile sono con stereotipie senza controllo.**
**Sta male vedo rabbia per me.**
**Scusa Alberto.**
**Sorridi sei forte ma non ci credi.**

**Fatica quotidiana adattarmi ai vostri rituali.**
**Ti voglio bene fratello bello.**
**Facciamo i giri in macchina.**
NON SONO ARRABBIATO CON TE, ANDREA. HO ALTRI PENSIERI.
**Tutti nervosi**

(17 marzo 2019, con la mamma)

ANDREA, VENERDÌ SERA È VENUTA MELODY. SEI STATO BENE?
**Avevo male la testa.**
POTEVI DIRLO. NON RIESCI A DIRCI QUANDO HAI MALE?
**Devi chiedere dove ho male.**
CON MELODY ALLORA TUTTO BENE?
**Tanti abbracci.**
**Tanti baci.**
**Bene.**
**Amica fantastica.**
**Sei paziente ti voglio bene.**
**Preziosa.**
**Bella.**
**Sensibile.**

(19 marzo 2019, con la mamma)

CIAO ANDREA, OGGI È LA FESTA DEL PAPÀ...
**io e papà siamo un pezzo solo non servono parole.**
BENE. È UN LEGAME FORTE...
**Esagerato.**
ESAGERATO?
**Stiamo benone.**
COSA FATE QUANDO STATE ASSIEME?
**Ragioniamo insieme.**

(26 marzo 2019, con la psicologa e il papà)

CIAO ANDREA, LA TUA CARA AMICA 'CALZINI DIVERSI' PURTROPPO NON C'È PIÙ. TI VOLEVA MOLTO BENE. VUOI SALUTARLA?
**Io voglio salutarla.**
**Cara amica tuo mondo era come il mio fatto di sogni emozioni e follia.**
**Tuo modo di capire meglio gli altri che te stessa per me ricordo più bello.**
**Dove sei porta tuo sorriso rimani sempre sulle tue convinzioni regalo vero sei stata per me.**
**Fine.**

(23 aprile 2019, con la psicologa e il papà)

CIAO ANDRE, QUESTA OPERAZIONE ALLA CISTE CI STA FACENDO IMPAZZIRE. GIÀ VARI INTERVENTI E INFEZIONI CHE NON SI FERMANO. PERÒ TU NON TI LAMENTI MAI. COME LA STAI VIVENDO?

**essere lamentoso non è stile mio sento fastidio guarire vorrei ma sono ttanquillo.**

BRAVO ANDREA, CI VORRÀ TEMPO MA GUARIRAI. E DEL PROGETTO AUTONOMIA CHE NE DICI?

**Io sono troppo contento di me stesso ho trovato autonomia che cercavo.**

E SI VEDE, ANDRE. SINO A DICEMBRE CONTINUEREMO E POI VEDIAMO DOVE SIAMO ARRIVATI…

**Io dico devo muovermi meglio.**

**Imparare a autogestirmi con sicurezza.**

VERO. OGGI È UNA GIORNATA PIOVOSA E SENZA IMPEGNI. COSA FACCIAMO?

**tremo dalla gioia di non fare niente.**

HAI RAGIONE. È STRANO, VERO? ALLORA CHE NE DICI DI UN GIRETTO IN MACCHINA CON LA MUSICA E SENZA META?

**Voglia anche di divano.**

ALLORA PICCOLO GIRO E POI DIVANO, OK?

**Programma eccellente.**

(14 maggio 2019, con la psicologa e il papà)

CIAO ANDREA, COME STAI?
**Riferisco che ho un bel periodo sono innamorato.**
**Suona alla scuola di musica ma non so il suo nome.**
QUALE SCUOLA?
**La vedo in piazza con il,suo strumento.**
LA PROSSIMA VOLTA CHE LA VEDI TI AVVICINI E LE CHIEDI COME SI CHIAMA. VA BENE?
**dolcissima sorridente molto piccola.**
**Divertente se riesco ma poi mi incanto.**

(21 maggio 2019, con la psicologa e il papà)

CIAO ANDREA, COME È ANDATA IERI CON MELODY?
**Io devo imparare a controllarmi riesco poco a gestire mio corpo se sto. Con lei mi emoziono e tanto mi voglio scusare.**
**Fragile sono con mia sessualità.**
LA PROSSIMA VOLTA DESIDERI CHE IO STIA NELLE VICINANZE E NON VI LASCI DA SOLI?
**Voglio sia una cosa mia papà.**
D'ACCORDO. MI RACCOMANDO PERÒ, SE LE DAI ANCORA UN MORSO NON VERRÀ PIÙ…

(22 maggio 2019, con la mamma)

ANDREA, CI SPIEGHI PERCHÉ, COME STANOTTE, QUANDO FAI LA CACCA POI LA TOCCHI CON LE MANI?

**Il mio gesto è incontrollabile.**
**Scusatemi.**
**Difficile è controllarmi tutto il giorno.**

ANDREA, STIAMO MALE TUTTI QUANDO SUCCEDONO QUESTE COSE. DEVI IMPARARE A COMPORTARTI MEGLIO. QUANDO NOI NON CI SAREMO PIÙ DOVRAI ARRANGIARTI E PRIMA LO FAI, MEGLIO È.

**Sono bravo.**
**Voglio imparare solo cose belle.**
**Arrangiarmi.**
**Senza di voi sarei morto.**
**Imparo con pazienza.**

(22 giugno 2019, con la mamma)

CIAO ANDREA, PAPÀ È VIA DA UNA SETTIMANA. HAI VOGLIA DI VEDERLO?

**No.**
**Papà deve riposare.**
**Io sto bene.**

COME È ANDATA QUESTA SETTIMANA?
**Benone.**
**Sono soddisfatto di autonomie.**
**Alzarmi la mattina e andare in ufficio da solo.**

(9 luglio 2019, con la psicologa e il papà)

QUEST'ESTATE NON CI SARANNO IMPEGNI CONTINUI E CI PRENDEREMO QUALCHE SETTIMANA DI VACANZA IN FAMIGLIA...
**Sono finalmente libero.**
**Niente doveri.**
CERTO. RICORDATI PERÒ CHE BISOGNA CONTINUARE A APPLICARE TUTTE LE AUTONOMIE ACQUISITE: VESTIRSI, LAVARSI, SOPRATTUTTO I DENTI, DORMIRE DA SOLO, TENERE IN ORDINE. E POI CI ESERCITEREMO CON L'ESPRESSIONE VERBALE E LA SCRITTURA...
**Allora non è vacanza.**
CON PAPÀ SI STA SEMPRE CON GLI OCCHI APERTI, ANCHE QUANDO SI RIPOSA.
**Bene capitano.**
VORRESTI CAMBIARE CAPITANO?
**Vecio ma bon.**

(30 luglio 2019, con la mamma e il papà)

CIAO ANDREA, VISTO COSA STA SUCCEDENDO? SIAMO PARTITI PER UN VIAGGIO, TRA AVVENTURA E DISPERAZIONE, E NOVE ANNI DOPO ECCOCI QUI. CHE NE PENSI?

**Incredibile realtà viviamo rispetto all'incertezza iniziale del viaggio.**
**Avventura ci piace ma lavoriamo ogni giorno per aiutare tante famiglie e ragazzi speciali.**
**Inclusione sociale amicizia idee che trasmettiamo.**
**Orgoglioso di percorso che mi ha reso testimone dei miei simili amici belli.**
**Grazie ai miei genitori per aiuto.**

DICIAMO UN GRAZIE A FULVIO ERVAS CHE HA TRASFORMATO I NOSTRI APPUNTI DI VIAGGIO IN UN "BEST SELLER" INTERNAZIONALE?

**Grazie Fulvio.**
**Scrittore pensatore.**
**Hai descritto esperienze ed emozioni.**
**Appunti di viaggio sono diventati poesia.**
**Compresa da tutti.**

E CI SARÀ ANCHE IL DOCUMENTARIO INTITOLATO "SE TI ABBRACCIO NON AVER PAURA" CHE CI VEDE PROTAGONISTI…

**Attori siamo.**
**Documentario mostra avventure vere e lavoro di cuore**
**per aiutare.**
**Che facciamo ogni giorno.**
**Grazie a tutti.**
PRONTO PER IL RED CARPET DI VENEZIA E PER LA PRESENTAZIONE DEL FILM DI SALVATORES?
**Si.**

(25 agosto 2019, con la mamma)

MI SPIEGHI PERCHÉ IERI SERA SEMBRAVI TRANQUILLO E POI, DI COLPO, SEI SCAPPATO NEL BOSCO?
**Tanti rumori sentivo.**
**Fuori paesaggio amico**
**Verde mi piace**
**Bisogno di stare con amici alberi.**
**Accolto in silenzio.**
**Corsa nel bosco ha calmato mia ansia.**
ERA BUIO TOTALE. CI VEDEVI?
**Si.**
E NON AVEVI PAURA?
**No.**

(26 agosto 2019, con la mamma e il papà)

ANDREA, TI DÀ FASTIDIO AVERE ANCORA LE TELECAMERE IN CASA E SAPERE CHE CONTROLLIAMO COSA STAI FACENDO?

**Sopporto telecamere gioco con voi**
**Imparo temi nuovi.**

TEMI NUOVI?

**Azioni adeguate**

(8 settembre 2019, con la mamma)

ANDREA, VENERDÌ ALLA MOSTRA DEL CINEMA DI VENEZIA ABBIAMO VISTO LA PRIMA DEL FILM "TUTTO IL MIO FOLLE AMORE". COSA TI È SEMBRATO?

**Giorno di pioggia**
**Giorno di applausi.**
**Da chi ha visto il film.**
**Vincente e Andrea insieme**
**Matti**
**Spiegano con i fatti**
**La diversità.**
**Le conseguenze per la famiglia**
**Creare scompiglio e cambiare le persone.**

MA TI È PIACIUTA LA STORIA DEL FILM ANCHE SE È DIVERSA DALLA NOSTRA ESPERIENZA?
**Storia diversa in ogni famiglia.**
**Famiglia di Vincent mi piace.**
**Tutti soffrono.**
**Tutti arrabbiati**
**Tutti cambiano pensieri.**
E L'INTERPRETAZIONE DI GIULIO PRANNO, CHE RECITA COME SE FOSSI TU, COSA NE PENSI?
**Amico sensibile.**
**Entrato nel mio mondo**
**Spontaneamente**
**Dico bravissimo sei.**
**Autistico vero.**
**Premio di fans ti dò.**

(15 ottobre 2019, con la mamma e il papà)

CIAO ANDRE, SIAMO APPENA TORNATI DAL NOSTRO GIRO IN MOTO DA NEW YORK A MIAMI. RACCONTACI QUALCOSA...
**esagero se dico che siamo due pazzi**
**viaggio stupendo costa favolosa.**
**Sono distrutto ma entusiasmante giro**
**siamo folli vagabondi io e te.**

MA SEI PIÙ STANCO DI ME? IO RIPARTIREI SUBITO PER UN'ALTRA AVVENTURA!

**Tu sei extraterrestre.**

MA NON SEI TU QUELLO CHE ARRIVA DA ALTRI MONDI?

**Tu lo sei diventato grazie a me.**

DOVEVI ESSERE STANCO QUANDO ABBIAMO FATTO IN DODICI ORE PIÙ DI NOVECENTO CHILOMETRI...

**Franco devi sapere che io con te sono invincibile carico divento di adrenalina.**

(29 ottobre 2019, con la psicologa e il papà)

CIAO ANDREA, QUANDO VENGO A PRENDERTI, DOPO IL CORSO DI PITTURA, A VOLTE MI ASPETTI IN COMPAGNIA DEL PORTIERE DEL PALAZZO. TI VEDO SEMPRE MOLTO SERIO. MI SPIEGHI?

**dico la verità.**

**Voglio stare senza lui non voglio parlargli. Hai capito bene.**

**Mi tratta da scemo non lo voglio sentire prendermi in giro.**

**Esagera sento cosa dice agli altri.**

SONO SOLO PAROLE O ALTRO?

**Basta figure da coglione.**

**2020**
**Ventisette anni**

**MIO MONDO COMPRENDE MOMENTI MAGICI.**
**NO DISTURBARE.**

(3 gennaio 2020, con la mamma e il papà)

ANDREA, PERCHÉ QUANDO SEI IN PISCINA STAI SEMPRE FERMO NEGLI ANGOLI?

**Angolo preferito isola speciale**
**Nessu.no disturba.**
**Pensieri volano. Osservo mondo da angolazione preferita.**
**Papà si arrabbia**
**Vede solo davanti.**
**Sto bene.**
**Tu agitato di pensieri**
**sguardo sul mondo anche dietro**
**Calma respiro.**
**Mio mondo comprende momenti magici.**
**No disturbare.**

(13 marzo 2020, con la mamma)

ANDREA, QUEST'EMERGENZA DEL CORONAVIRUS CI FARÀ STARE TUTTI A CASA. CHE NE PENSI?

**Dispiaciuto stare sempre in casa.**
**Mancano le passeggiate sul bosco.**
**Giri in macchina.**
**Amiche.**

DOVREMO ADATTARCI TUTTI ALLE REGOLE SINO AL 3 APRILE E POI SI VEDRÀ. COSA FACCIAMO?
**Tutti a casa.**
**Riposo mi piace.**
**Umani con mente riposata guarigione sicura.**
**Periodo di riposo forzato bene per tutte le persone.**

(30 marzo 2020, con la mamma)

ANDREA, STAMATTINA ABBIAMO FATTO UN INCONTRO IO, TE, PAPÀ E EMANUELE. VOGLIAMO CAPIRE COME CONTINUARE IL LAVORO CON TE. HAI IMPARATO MOLTE COSE, MA NON PARLI, NON SAI ESPRIMERTI IN MODO COMPRENSIBILE. DEVI LAVORARE SU QUESTO...
**Voglio imparare tante parole da dire...**
**Difficile.**
**Ordinare pensieri ed esprimere a parole.**
**Lavoro faticoso voglio provare.**
**Bisogno di tanto aiuto.**
**Grazie.**
**Non arrabbiatevi mi agito.**

(30 luglio 2020, con la mamma e il papà)

ANDREA, LO VUOI FARE IL TATUAGGIO DEL GABBIANO AZZURRO COME IL PAPÀ E ALBERTO?

**Lo voglio fare.**
**Gabbiano vola**
**Papà vola**
**Alberto vola**
**Andrea vola**

(29 agosto 2020, con la mamma)

ANDREA, UN PENSIERO PER LA CHIUSURA DEL TUO LIBRO…

**Strada lunga diventare autonomo felice.**
**Aspetto curve improvvise a complicare percorso.**
**Non mi fermo.**
**Fino in fondo.**
**Arrivo.**
**Voglio guarire.**
**Ciao.**

(3 settembre 2020, con la psicologa e il papà)

CIAO ANDRE, HAI COMUNICATO CHE VOLEVI TENERE SOTTO CONTROLLO IL NUOVO LIBRO…

**Io devo fidarmi di voi,non dite fesserie,io vivo delle vostre parole. Io, suono la musica voi mi aiutate a comporre.**

*Sono un padre che si è trovato ad affrontare una bufera, due bufere, sette tifoni che, incessantemente, mi scombussolano e mi mettono di fronte a scelte complicate.*

*La bufera è l'autismo.*

*Come si può descrivere?*

*Immagina di essere al volante di un'auto.*

*Sai benissimo che devi accendere, mettere la marcia e partire girando il volante per seguire la strada.*

*Ma quando chiudi la portiera suona il clacson, quando accendi il motore si sposta il sedile; metti la prima e la macchina va indietro, tu giri a destra e lei va a sinistra, allora freni e si apre la portiera.*

*In realtà tu sai cosa devi fare, vedi tutto ma niente corrisponde a quello che vorresti.*

*E allora provi e riprovi, ti massacri in tentativi, urli la tua disperazione, ma la gente, da fuori, ti vede come un pazzo, ti tratta come un pazzo, perché continui a fare cose senza senso.*

*Ora immagina che quell'auto sia il tuo corpo, sempre in tilt, mentre tutti gli altri attorno a te si muovono con le auto funzionanti, che rispondono ai comandi docilmente.*

*Vorresti poter scendere, ma la tua macchina parte a tutta velocità e ti trascina via con sé.*

*Alla sera sei sfinito, di notte le tue lacrime rigano il cu-*

*scino, non riesci a dormire e pensi a cosa puoi fare per uscire da questa confusione.*

*Ti svegli, ma non era un sogno, perché tutto il caos riparte. Così, giorno dopo giorno, per sempre, per tutta la vita.*

*Io ho coscienza che Andrea è come una ruota, più sbilenca che tonda. Una ruota che, da sola, non farebbe molta strada.*

*Io e sua mamma cerchiamo di togliere quanto più attrito possibile, davanti a questa ruota: grattiamo ogni giorno, grattiamo come matti.*

*Noi proviamo a farla andare lontano.*

Franco Antonello

INDICE

*Questa edizione di*
La valigia aran
*di Andrea Antonello*
*è stata stampata*
*su carta che non contribuisce*
*alla distruzione delle foreste primarie*
*presso GECA Srl - Industrie Grafiche*
*di San Giuliano Milanese (MI)*
*il trenta novembre duemilaventi*

*Terza ristampa*